Gilles Tibo

Les grandes heures de la terre et du vent

Contes

Illustrations
de Janice Nadeau

la courte échelle

Les éditions de la courte échelle inc.
5243, boul. Saint-Laurent
Montréal (Québec) H2T 1S4

Directrice de collection:
Annie Langlois

Révision:
Lise Duquette

Infographie:
Pige communication

Dépôt légal, 1er trimestre 2006
Bibliothèque nationale du Québec

La courte échelle reconnaît l'aide financière du gouvernement du Canada par l'entremise du Programme d'aide au développement de l'industrie de l'édition pour ses activités d'édition. La courte échelle est aussi inscrite au programme de subvention globale du Conseil des Arts du Canada et reçoit l'appui du gouvernement du Québec par l'intermédiaire de la SODEC.

La courte échelle bénéficie également du Programme de crédit d'impôt pour l'édition de livres — Gestion SODEC — du gouvernement du Québec.

L'auteur tient à remercier Christine Guilledroit pour sa précieuse collaboration.

Données de catalogage avant publication (Canada)

Tibo, Gilles

    Les grandes heures de la terre et du vent

    ISBN 2-89021-779-5

    I. Nadeau, Janice. II. Titre. III. Collection.

PS8589.I26G72 2006   jC843'.54   C2005-942327-7
PS9589.I26G72 2006

Imprimé au Canada

Gilles Tibo

Gilles Tibo a commencé sa carrière comme illustrateur. Mais les mots ont bientôt remplacé les images et, depuis, il n'arrête pas d'écrire. Auteur prolifique et passionné, il a remporté de très nombreux prix, dont le prix du Gouverneur général du Canada à deux reprises, le prix du livre M. Christie également à deux reprises, ainsi que le prix Alvine-Bélisle. Gilles Tibo est un grand amoureux de la vie. Il aime les chats, les chiens et les oiseaux, se promener à vélo et jouer de la musique, surtout des percussions. *Les grandes heures de la terre et du vent* est le quatrième livre qu'il publie à la courte échelle.

Janice Nadeau

Janice Nadeau a étudié le design graphique à l'Université du Québec à Montréal et l'illustration à l'École supérieure des arts décoratifs de Strasbourg, en France. Dès la parution de son premier album jeunesse en 2003, elle a reçu de nombreux prix, dont le prix du Gouverneur général du Canada, ainsi que le sceau d'argent du prix du livre M. Christie. Depuis, elle a illustré cinq albums chez différents éditeurs. À la courte échelle, elle a illustré la couverture de plusieurs romans de la collection Ado, ainsi que le recueil de contes *Les grandes heures de la terre et du vent*.

Gilles Tibo

Les grandes heures de la terre et du vent

Contes

Illustrations
de Janice Nadeau

la courte échelle

À Marlène et Simon
pour la suite du monde...

C'était la belle époque

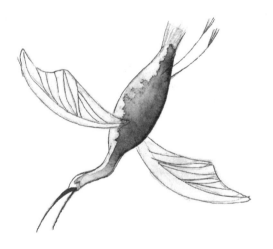

*I*l y a très longtemps,
le silence avait l'apparence du verre.
Sous un soleil de plomb,
des roches de bois gisaient à perte de vue
sur des champs briquetés.
Les rivières crachaient leurs écailles
au fond des abîmes de lumière.
De fragiles oiseaux de papier
quittaient les fentes du ciel,
glissaient sur les alvéoles du vent
et se perchaient sur de grands sapins de pierre.
C'était la belle époque dont rêvent encore
    les poètes et les fous.

Les moutons de bois

*D*epuis le début de l'automne, les loups rôdaient dans les bois environnant le village de Saint-Sébastien. À grands coups de chasse et de pièges, les villageois éliminèrent plus de la moitié des prédateurs. Affamée, la meute se réfugia sur l'autre versant de la montagne, là où habitait le vieux Lague.

Le vieux Lague élevait des moutons. Il craignait tant les loups qu'il avait entouré ses bâtiments d'une palissade de bois. Malgré ses précautions, le bonhomme trouvait chaque matin une brebis éventrée.

Il avait beau ajouter des piquets pointus à sa clôture, entrecroiser des mailles de broche supplémentaires, y accrocher des tessons de bouteille coupants comme des lames de rasoir, il était impossible de contrer l'ennemi. Le lever du jour apportait le même spectacle désolant: un agneau avait été dévoré. Le sol montrait des empreintes de loups. De longues traînées rouges s'allongeaient dans la nouvelle neige jusqu'à se perdre dans la forêt.

Le vieux Lague fit de rapides calculs et comprit que, à cette vitesse-là, son cheptel aurait disparu avant la fin de l'hiver. Il envisagea alors deux solutions. La première consistait à rentrer chaque nuit ses moutons dans la maison. La seconde l'amenait à trouver un moyen efficace pour se débarrasser des loups.

Il opta pour la deuxième solution. Il remplit de munitions ses carabines et transforma une lucarne en mirador.

Le soir venu, le bonhomme, armé jusqu'aux dents, attendit l'ennemi. La lune se leva de l'autre côté de la montagne, jetant une lumière bleutée sur les moutons endormis. La tête appuyée sur ses genoux, le vieux berger somnola une bonne partie de la nuit.

À l'aurore, un bêlement effroyable le réveilla. Il ouvrit les yeux. Un grand loup argenté courait dans l'enclos. Les brebis affolées se jetaient contre les clôtures pour éviter les crocs du prédateur. Le bonhomme pointa sa carabine sur le loup, mais ce dernier courait dans tous les sens, apparaissant et disparaissant derrière les moutons. Le bonhomme n'osait viser de crainte de blesser ou de tuer une de ses bêtes. L'arme au bout du bras, l'œil dans la mire, il attendait le moment propice. Soudain, l'espace d'une seconde, le loup se retrouva à découvert. Le bonhomme tira deux coups. Une balle siffla, frôlant l'oreille du carnivore. L'autre atteignit un mouton en plein cœur.

Le bonhomme abandonna son poste et descendit dans l'enclos. Le grand loup sauta par-dessus la clôture et disparut dans la forêt.

Le bonhomme, à genoux devant son mouton mort, jura au ciel d'avoir la peau du loup. Il s'enferma dans son atelier, tondit et saigna le mouton mort. Il prit de vieilles planches, les cloua, les scia et les chantourna jusqu'à ce qu'elles aient la forme d'une brebis. Il fabriqua ainsi une douzaine de moutons de bois qu'il peignit en blanc. Il colla des bouts de laine sur la peinture fraîche. À la fin, il badigeonna de sang ses douze moutons.

Le soir venu, le bonhomme Lague fit entrer toutes les bêtes dans sa maison. Elles s'entassèrent de la cave au grenier. Leurs laines, qui se frottaient les unes contre les autres, provoquaient des étincelles. Dans le noir, on aurait cru les moutons phosphorescents.

Une fois ses bêtes à l'abri, le berger prit ses douze moutons de bois et les planta dans l'enclos. De loin, l'illusion était parfaite : douze moutons broutaient sous la lune.

Le bonhomme monta à son mirador, chargea sa carabine et attendit le prédateur.

À l'aube, un bruit le réveilla. Il ouvrit les yeux et aperçut trois grands loups tapis au fond de l'enclos. Ils étaient là, immobiles, recroquevillés, prêts à bondir sur les moutons de bois.

Le cœur du vieux Lague ne fit qu'un tour. Il visa le premier loup, qui tomba. Il pointa le deuxième, qui s'effondra à son tour. Le troisième fut emporté par une rafale meurtrière.

Le bonhomme lâcha son arme et se précipita dans l'enclos. Trois loups de bois gisaient dans la neige.

Le grand Roc

*L*e grand Roc vivait dans une grotte, dormait sur un lit de galets et se nourrissait de terre. Il était, paraît-il, amoureux d'un récif ayant l'apparence d'une femme.

Jamais personne n'avait vu le grand Roc, mais chacun connaissait l'existence de ses descendants. Il les avait disséminés dans les champs environnants. Les agriculteurs les appelaient les « maudits cailloux » !

Le Souriceau et la Dame blanche

*M*artin de Brook était le cadet d'une famille de mineurs, une nombreuse descendance de fouilleurs de terre. Son grand-père, son père, puis ses frères avaient versé leur sang et sacrifié leur jeunesse pour travailler à la mine de charbon.

À sept ans, le petit Martin cessa de courir dans les champs parfumés de suie. Il ne joua plus au bord des ruisseaux où stagnait une eau couleur de ténèbres. Il cessa de regarder le soleil voilé par la fumée des grandes cheminées. Le jour de son anniversaire, il descendit pour la première fois au fond du trou. C'est ainsi qu'on appelait la mine de charbon: le trou, la fosse, l'enfer, la fournaise. Tous ces mots avaient la même signification: travailler comme un rat dans les entrailles de la terre afin de gagner une pitance de crève-la-faim.

Martin enfila ses habits de travail en compagnie des hommes de métier. Il ne parlait pas, ne tremblait pas. On lui avait tellement parlé de la mine qu'il en connaissait le cérémonial : passer au dispensaire pour recevoir sa lampe et son chapeau de cuir, attendre la remontée de la nacelle, s'y entasser avec les autres et, au signal donné par le manœuvre, sentir son cœur descendre dans le puits pour, enfin, débarquer en bas, dans la nuit totale.

**

Chaque matin, à l'aurore, Martin descendait dans la fournaise. Il y travaillait toute la journée, ne remontant que le soir, fatigué, à bout de souffle et couvert de suie.

En six mois, il devint maigre à faire peur. On l'affubla du surnom de « Souriceau ». Comme il était petit, souple et obéissant, on l'envoyait fouiner au fond des corridors. Il rampait au creux des veines, les yeux écarquillés, derrière sa lampe. Coincé à plat ventre dans les crevasses, il n'avait souvent pas de place pour se retourner. Il fallait le ramener en tirant sur la corde qu'on lui avait attachée aux chevilles. Lorsqu'il revenait, la peau des jambes écorchée, il avait droit à l'accolade des adultes, unique remerciement et seule consolation de la journée. Il ne discernait alors dans le noir que les yeux blancs des mineurs et leur peau luisante de sueur.

Si la veine semblait exploitable, le contremaître l'envoyait ouvrir le filon. Couché sur le dos, le Souriceau creusait dans la houille, tel un rat dans un fromage noir. Lorsque la faille devenait suffisamment large, les hommes, munis de piolets, se lançaient à l'attaque de la roche et continuaient l'ouvrage.

***

Le jeune Martin vieillit et conserva le surnom de «Souriceau». La suie avait creusé de profonds sillons dans sa figure. La crasse s'était incrustée dans les pores de sa peau. Elle y restait imprégnée malgré les lavages répétés et personne n'aurait été surpris d'apprendre qu'un sang couleur de charbon coulait dans ses veines.

***

À quinze ans, Martin passait plus de temps au fond de la mine qu'à l'air libre. Il se souvenait que les oiseaux et les papillons volaient dans le ciel blafard. Il savait que le soleil se levait à l'est et se couchait à l'ouest, mais tout cela ne voulait plus rien dire. La mine était devenue son royaume de misère. Il la connaissait sur le bout des doigts. Il en savait le secret des galeries désaffectées, des corridors fermés, inondés. Il se souvenait de l'endroit exact des accidents, des coups de grisou : ces explosions soudaines, annonciatrices d'éboulements. Il pouvait deviner le bruit du piolet frappant le granit, la houille, le calcaire. Dans la noirceur complète, il pouvait s'orienter dans le labyrinthe des corridors sans jamais se perdre.

**

Un jour, dans une faille qui s'enfonçait dans la croûte terrestre comme un poignard dans un fourreau, le Souriceau, pris de panique, cessa de ramper. Bien que sa petite flamme éclairât faiblement la nuit de la terre, bien que l'eau suintât de la paroi rocheuse, bien qu'il fût couvert de suie, un malaise inhabituel l'envahit tout à coup. Il avait l'impression que quelqu'un l'épiait à travers la paroi rocheuse. Son cœur cognait dans sa poitrine. Ses yeux exorbités scrutaient la roche. Quelque chose d'innommable allait se produire. Il songea aux dangers de la mine, aux éboulements, aux incendies de l'air qui, chargé de gaz, s'enflamme sans avertir. Il pensa aux failles qui se referment subitement mais, malgré toutes ces pensées d'horreur, il lui fut impossible de bouger.

Il regarda la flamme de sa lampe qui vacillait et dansait, lorsqu'une haleine chaude venue des profondeurs l'éteignit.

Le Souriceau se retrouva dans les ténèbres, la bouche ouverte, à la recherche de son souffle, les yeux agrandis. La poitrine collée au sol, il se crut perdu, noyé dans un océan de roches.

Entre deux battements de paupières, il eut l'impression de voir la terre s'ouvrir. Une Dame blanche, à la peau phosphorescente, flottait sur la pierre, image brumeuse, qui ondulait et vibrait en silence. Elle pénétrait dans la masse rocheuse et dérivait lentement, poussée par une vapeur chaude. Elle s'éloignait, puis se rapprochait, la tête inclinée sur le côté, aussi frêle qu'une libellule. Le Souriceau, à plat ventre, tremblant et suant, la contemplait, ébloui. Il pouvait sentir son parfum plus doux que la brume d'un matin d'été. La belle Dame s'approcha, traversa son corps noirci et se volatilisa en se diluant dans la pierre.

De longues minutes, Martin resta allongé dans la faille, les yeux grands ouverts, la gorge sèche, les mains caressant la houille. De longues heures, il se remémora cette scène qui emplissait son cœur de lumière.

À partir de cet instant, sa vie fut chamboulée. Lorsque les mineurs attendaient la nacelle pour remonter à la surface, lui, le Souriceau, prétextant avoir oublié ses outils, leur faussait compagnie. Il errait dans les galeries à la recherche de la mystérieuse Dame blanche. Il avait beau la chercher, l'appeler, attendre des heures dans l'obscurité des sous-sols, y dormir, y manger, y rêver, la Dame demeurait invisible, introuvable, inaccessible.

Au cours des conversations avec les autres mineurs, le Souriceau fit quelques allusions à la Dame blanche.

Les plus vieux le rencontrèrent à l'écart. Certains d'entre eux avaient été témoins de la même apparition dans leur jeunesse. Ils se souvenaient de la Dame blanche, vision de beauté fulgurante que chacun gardait secrètement au fond de sa mémoire.

Personne ne comprenait le phénomène. On parlait d'hallucination causée par le manque d'oxygène, on parlait de la femme du premier mineur victime d'un éboulement qui, morte de chagrin, le cherchait désespérément dans les veines de la terre. On évoquait aussi la présence d'un ange égaré entre le ciel et l'enfer. Chacun avait son explication, mais on était certain d'une chose : ces vieux mineurs avaient bien aperçu un jour la Dame blanche, et cette vision les avait transformés à jamais. Certains, paraît-il, avaient sombré dans la folie, d'autres s'étaient mis à crier ou à pleurer indéfiniment. Les autres, ceux qui s'appelaient eux-mêmes les « survivants », gardaient le silence comme on garde un trésor.

***

Le Souriceau passa le reste de sa vie au fond du trou. Il travaillait au jour le jour dans les tréfonds de la terre, parcourant les galeries jusqu'à tomber d'épuisement. Au matin, on le retrouvait souvent recroquevillé dans sa vieille couverture de laine, toussant et crachant une salive charbonneuse. Sa famille, ses amis le suppliaient de remonter à l'air libre, de se laver dans la rivière, mais le Souriceau fuyait toujours en rampant dans le creux des failles. Les mineurs, surtout les plus vieux, lui apportaient sa ration quotidienne d'eau et de pain.

À vingt ans, le Souriceau ressemblait à un centenaire, ridé, voûté, la bouche édentée, la peau noire et crasseuse. Il ne parlait à personne et personne ne lui parlait. Il était devenu « le Fou du trou ». On lui laissait des restants de croûtes et il buvait l'eau qui suintait le long des roches.

Et puis, un jour, guidé par une étrange lueur, le Souriceau se coula au fond de corridors défoncés, crevassés, qui menaient à un lac souterrain. Il aperçut la grande Dame au fond d'une caverne aussi haute que la nef d'une cathédrale. La belle flottait au-dessus de l'eau, sa robe blanche effleurant à peine la surface de la nappe. Elle dérivait lentement, se laissant porter par les vagues de chaleur.

Le Souriceau, immobile, caché derrière un éboulis de roches, épiait la scène, les yeux écarquillés, le cœur attendri. Ses tourments disparurent. Son vieux corps, noirci par des années d'attente et de souffrance, devint aussi léger qu'une plume. Son esprit entier succomba à la beauté de cette apparition.

Il en oublia de manger, de retourner au travail. Il était devenu prisonnier, subjugué par la grâce de cette vision.

Après des jours de fouilles infructueuses dans le dédale des corridors et des puits, une équipe de vieux mineurs finit par retrouver le Souriceau. Il flottait sur le ventre, nu, propre, blanc comme la neige, une main tenant un châle de soie. Ses bras ressemblaient à de grandes ailes déplumées. Il semblait voler, planer dans cette eau qui reflétait les moindres détails de la grotte.

On éteignit les lampes. Seul le grand châle irradiait encore. Les témoins se mirent à genoux. Ils attendaient quelque chose, un signe, une présence, une apparition.

La grotte demeura silencieuse.

Le plus vieux des mineurs se releva et entra dans l'eau glacée. Il s'avança, prit la main froide du Souriceau et ramena doucement le corps.

Ils l'enveloppèrent dans le tissu immaculé et lui firent une sépulture de charbon.

En pleurant, ils bouchèrent l'entrée de la galerie qui menait à la grotte, s'en retournèrent silencieusement, embarquèrent dans la nacelle et remontèrent à la surface en annonçant qu'ils n'avaient rien trouvé.

Adélard et Marquise

Âgés de près de cent ans, Adélard et Marquise Leblanc s'aimaient encore. Beau temps mauvais temps, ils traversaient le village en se tenant la main.

Adélard mourut le premier. On l'enterra dans le cimetière derrière l'église. Une semaine plus tard, Marquise mourut au bout de sa peine. On l'enterra à quelques mètres de son bien-aimé.

Cinquante ans plus tard, on fit des travaux d'excavation pour construire un gratte-ciel. Le cercueil d'Adélard Leblanc fut ouvert. Il était vide. Dans celui de Marquise, on trouva deux squelettes enlacés.

L'arbre et la pierre

*U*n soir de printemps, le vent du sud souffla sur la forêt. Une samare d'érable se détacha de sa tige. En tourbillonnant, elle suivit les grands courants d'air et finit par atterrir sur une des roches qui bordaient le domaine du bonhomme Latreille.

La semence d'érable, réchauffée par le soleil et arrosée par les pluies, se sépara de sa membrane et tomba dans une des fentes de la pierre. Elle y fit son nid et germa.

Au cours des premiers mois, l'arbrisseau étendit ses racines jusqu'au tréfonds de la faille et plongea ses ramifications dans la terre nourricière.

L'arbuste vit passer plusieurs printemps et plusieurs hivers. Lorsqu'il atteignit sa cinquième année, ses bourgeons profitèrent de la chaleur du soleil.

Le jeune érable grandissait dans son écrin pierreux. Bientôt ses branches devinrent plus grosses que des poings. Ses racines se développaient en soulevant, lentement, imperceptiblement, la roche qui les avait abritées.

Bien des années s'écoulèrent. L'érable régnait, majestueux, aux abords de la forêt. Ses immenses racines enserraient la roche. On aurait dit les doigts d'un géant.

En pleine nuit, le couple Latreille fut réveillé par un bruit sourd dont l'écho se propagea d'un horizon à l'autre. Le père, redoutant des braconniers, chargea le canon de sa carabine, alluma son fanal et se dirigea d'un pas décidé vers l'origine du bruit.

Au lieu de surprendre des braconniers, il se trouva face à un érable géant, debout, en équilibre sur ses hautes racines. Certaines d'entre elles, libérées de leurs entraves, claquaient comme des coups de fouet en projetant des pierres au hasard de leurs soubresauts. Les cailloux s'élevaient et retombaient en roulant. Des éclats, plus ardents que d'autres, laissaient échapper une vapeur blanche qui s'évaporait dans la nuit.

Une racine lança une pierre qui siffla tout près du père Latreille. Il laissa tomber son fusil et voulut s'en retourner chez lui. Mais, après une dizaine d'enjambées, le bonhomme entendit un épouvantable craquement. L'érable, en équilibre précaire, s'affaissa sur ses racines. Il resta quelques instants à la verticale, avant de tomber lourdement sur le côté, provoquant une onde de choc qui se répercuta jusqu'au fond de la forêt.

Lorsque le calme revint, le bonhomme Latreille

rentra chez lui. Il se coucha près de sa femme et murmura :

— Un arbre vient de tuer une pierre, puis il s'est ôté la vie !

Elle ne répondit rien.

L'amant

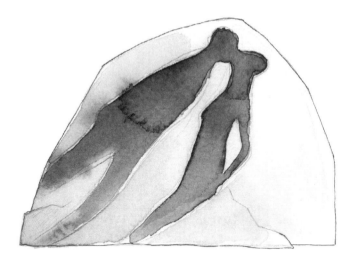

*U*ne jeune nonne se levait toutes les nuits, enfilait un châle et quittait le couvent. Elle courait dans la prairie, escaladait la colline et, là-haut, se dévêtait. En offrant sa peau blanche à la nuit, elle s'agenouillait devant un rocher et priait jusqu'à l'aube. Au lever du soleil, par des jeux d'ombres et de lumière, le corps d'un homme apparaissait, pendant quelques minutes, sur la surface du roc.

Un matin, la jeune nonne ne revint pas au couvent. On la chercha partout. On ratissa les sous-bois. On grimpa sur la colline. Les novices qui la cherchaient tombèrent à genoux. Sous les miroitements du soleil, l'image de la nonne se dessina sur le rocher. Elle glissa ensuite sur la surface rugueuse et chevaucha celle de son jeune amant.

On fit pousser de grands arbres autour du rocher. Leurs ombres empêchent maintenant les deux amants de se rejoindre sur la pierre.

Le grand Couturier

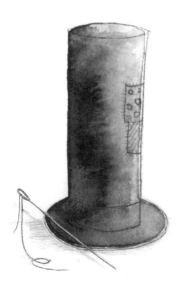

*B*ien au chaud dans son lit, Couturier n'entendit pas les coups de poing que le gros Ventru assenait à sa porte. Il croyait que c'était l'orage qui rôdait en tapant sur tout et sur rien.

Entre deux coups de tonnerre, le gros Ventru criait:

— Réveillez-vous! Réveillez-vous! Le ciel s'est déchiré!

Comprenant qu'il avait un visiteur, Couturier se releva dans son lit:

— Va-t'en! Laisse-moi dormir en paix!

Le gros Ventru redoubla d'ardeur:

— Le ciel s'est déchiré! Monsieur le curé vous attend!

Couturier se retourna dans son lit:

— Dis à ton curé que j'ai pris ma retraite!

Comme s'il n'avait rien entendu, le gros Ventru continuait à taper des pieds et des poings. À l'intérieur de la maison, la voix s'éleva, autoritaire:

— Entre, crétin! La porte n'est jamais verrouillée...

Malgré le froid et la pluie, le gros Ventru hésita à entrer. Personne dans le village n'avait pénétré dans la cabane de celui qu'on appelait « Le grand Couturier ».

La voix répéta :

— Entre, fainéant…

Le gros Ventru ouvrit la porte. Il s'avança au milieu d'une grande pièce et resta quelques instants, hébété, à dégouliner dans sa propre flaque d'eau. Au premier éclair, il eut le temps d'apercevoir des centaines de tissus suspendus au plafond. Au deuxième éclair, il vit, au fond de la pièce, le grand Couturier, assis sur son lit. Son corps était démesurément long et maigre, comme si la chair et les muscles avaient oublié d'envelopper les os.

Un frisson parcourut le gros Ventru qui reprit :

— Le ciel s'est déchiré… le ciel s'est déchiré…

Dans la pénombre, la voix répondit :

— Tu diras à ton curé d'avoir moins d'ambition avec le ciel… Maintenant, laisse-moi dormir. Je verrai ce que je peux faire demain matin…

Le gros Ventru essuya sa moustache et balbutia :

— C'est que… monsieur le curé…

Un coup de tonnerre couvrit la fin de sa phrase. Voyant que la grande forme, presque inhumaine, ne bougeait plus dans le lit, le visiteur recula, ferma la porte derrière lui et disparut sous les coulées de l'orage.

***

Une demi-heure plus tard, le gros Ventru se présenta de nouveau à la porte de Couturier. Sans attendre la permission d'entrer, il se précipita dans la maison en suppliant :

— Monsieur... monsieur... réveillez-vous, je vous en conjure... On ne peut plus attendre.

Il y eut un froissement de draps. La longue silhouette se redressa :

— On ne peut plus attendre... on ne peut plus attendre... Et si j'étais malade ? Si j'étais parti en voyage ? Si j'étais mort de ma belle mort, que feriez-vous ?

Le gros Ventru regarda par terre :

— Je ne sais pas, monsieur Couturier, il faut demander au curé.

La forme géante se déplia, marcha à tâtons dans le noir, se pencha au-dessus de la table et, à l'aide d'un briquet, alluma une chandelle. Aussitôt, son ombre le suivit d'un mur à l'autre. Elle disparaissait dans les creux puis surgissait, noire et menaçante. Elle grandissait puis rapetissait lorsque Couturier s'éloignait de la flamme qui, brusquement, semblait s'éteindre, noyée dans la lumière foudroyante des éclairs.

Lentement, de ses mains osseuses, Couturier enfila un pantalon maintes fois rapiécé et une longue chemise confectionnée de tissus finement cousus les uns aux autres. Ensuite, en maugréant, l'immense squelette chaussa d'interminables bottes de cuir et se coiffa d'un chapeau haut-de-forme qui lui donna l'air d'un épouvantail sorti d'un cauchemar.

Le gros Ventru le regarda s'habiller :

— Vite, monsieur Couturier... avant qu'il soit trop tard !

Couturier s'avança comme une marionnette désarticulée. Sa tête effleurait le plafond. Il se pencha vers le gros Ventru et le fixa droit dans les yeux :

— J'y vais... j'y vais... non pas pour le curé... mais pour les habitants, pour le bétail et pour les amoureux.

Le grand Couturier sortit un sac de sous son lit et le remplit de grands bouts de tissu qu'il décrocha du plafond. Il y fourra des cordes et des câbles de toutes les couleurs et de toutes les grosseurs. Puis, délicatement, il ouvrit les portes d'une armoire et en sortit un long carquois de cuir. Il en vérifia le contenu, le referma, le mit en bandoulière et dit sèchement :

— Les échelles sont derrière la maison !

Avant de refermer la porte, le géant jeta sur son dos une longue cape cirée qui le couvrait des épaules jusqu'aux chevilles. Les deux hommes se rendirent derrière la maison. Là, sous la pluie battante, Couturier demanda :

— De quelle longueur est-il déchiré ?

Le gros Ventru haussa les épaules.

Couturier attacha une dizaine d'échelles les unes parallèlement aux autres. Les deux hommes s'installèrent à chaque extrémité et, en silence, prirent la direction du centre de la ville.

L'orage se précipita sur les arbres, la pluie tomba avec une telle intensité que personne n'aurait été surpris d'y voir nager des anguilles et des perchaudes. Sous l'averse, Couturier ressemblait à une poupée trop longue. Sa silhouette de pantin désarticulé dansait derrière le gros Ventru qui trottinait devant.

Entre deux coups de tonnerre, le gros s'écria :

— C'est arrivé juste au-dessus de l'église !

Couturier répondit, comme s'il parlait à la pluie :

— Depuis la construction du nouveau clocher, c'est toujours la même histoire !

***

Au détour d'une grande artère, le clocher de la cathédrale surgit, dressé dans un ciel bas, lourd et gris. Un pan du ciel déchiré pendait au-dessus de la croix. De loin, on aurait dit un oiseau blessé qui battait de l'aile à chaque coup de vent.

Monsieur le curé attendait sur le perron. Caché sous un parapluie, il tenait son chapeau en examinant le haut du clocher. Couturier s'approcha. Les deux hommes se toisèrent en silence. Puis, en détachant les échelles, Couturier dit sèchement:

— Il n'y aura pas de prochaine fois!

Le curé regarda les nuages et répondit:

— Vous serez payé comme d'habitude, lorsque l'ouvrage sera terminé.

Le géant laissa tomber ses échelles:

— Je veux de l'argent sonnant, tout de suite, sinon je ne monte pas.

Le curé sortit un gousset de sous sa robe et le lui lança. Couturier l'attrapa, compta les pièces d'or et, satisfait, se mit à enfiler les échelles les unes au bout des autres. Ensuite, il sortit de son sac de grands ciseaux, des lames, des dés métalliques qu'il plaça au bout de chaque doigt, ainsi que des rouleaux de fil dont il emplit ses poches. Il sortit de son carquois deux aiguilles à coudre plus longues que des couteaux. La première, toute droite, et la seconde, à la pointe recourbée. Il enfila les deux aiguilles avec des fils différents. Il piqua la plus longue au rebord de son haut-de-forme et saisit l'autre entre ses dents.

Muni de son attirail de cordes, d'aiguilles et de fils, il jeta un dernier regard au curé, puis il fixa les cieux et commença à gravir l'échelle.

Il s'arrêta sur le premier balcon du clocher afin de contempler le désastre. À partir de la pointe supérieure de la croix, le ciel était déchiré sur plusieurs centaines de mètres. Couturier sentit le découragement l'envahir. Il lui faudrait la nuit entière pour remettre le ciel en état. Il en avait assez d'affronter les intempéries, le froid et la mort. Il en avait assez de la folie des hommes de science et des hommes d'église qui élevaient des bâtisses ou des clochers de plus en plus hauts. Il aurait voulu se retrouver à mille lieues de cet endroit maudit. Des soleils tournaient dans sa tête, des souffles chauds lui caressaient le visage.

Lorsqu'il sortit de son rêve, il était toujours debout sur le parapet du clocher, fouetté par les vents fous et la pluie diluvienne. La tête encore remplie de soleil, de sable chaud et de palmiers, Couturier tira la grande échelle sur le parapet et l'appuya contre la flèche du clocher. Il monta jusqu'à la croix de fer dont la pointe avait déchiré l'immense toile du ciel.

À grand-peine, utilisant ses immenses bras comme des leviers, Couturier réussit à redresser un coin du ciel. La grande toile déversa une chute d'eau torrentielle sur le parvis de l'église, puis, soulagée de son poids, elle se dégagea et remonta en claquant au vent.

Couturier lima les quatre pointes de la croix et enroula autour de chacune d'elles une longue banderole de tissu.

Il ramena ensuite l'échelle à sa hauteur, en appuya la base sur la croix et l'autre extrémité sur la déchirure de la toile. Il grimpa en vitesse et se retrouva assis à califourchon sur un nuage qui montait, descendait et se cambrait tel un cheval sauvage. La grande toile volait et claquait au vent, si bien que l'échelle se décrocha. Elle tournoya dans les airs et se fracassa sur le parvis de l'église.

Le curé, le gros Ventru et quelques curieux restèrent bouche bée, le regard vissé sur Couturier. Il était assis à cheval sur un grand pan de ciel dont l'extrémité battait au vent par-dessus les maisons.

Cramponné au rebord déchiré, Couturier saisit la grande aiguille recourbée et, malgré les bourrasques de l'orage, commença à recoudre le ciel.

De temps à autre, il se relevait, fouillait dans ses poches, prenait un autre rouleau de corde et se remettait à l'ouvrage. Trempé jusqu'aux os, tremblant de froid, il recousait la toile à la vitesse du travail bien fait, c'est-à-dire lentement. D'en bas, on ne distinguait ni les nœuds, ni les pièces de renfort, ni les doublures. On voyait seulement le ciel se refermer.

**

À la fin de la nuit, il ne restait plus que quelques mètres de toile à recoudre. L'orage s'était calmé. Les nuages s'étaient relevés au-dessus de l'église. Couturier semblait encore plus loin, minuscule fourmi dans le ciel.

À l'aurore, il ne restait qu'un bout de ciel à recoudre, un petit trou dans lequel Couturier se faufila soudainement. Tout son corps disparut, caché derrière la toile. D'en bas, on ne voyait plus que des mains qui poussaient puis reprenaient la grande aiguille au fur et à mesure que la fente se refermait.

Lorsque le ciel fut complètement recousu, il ne restait plus aucune trace de la tragédie. C'est alors que le curé et les autres curieux virent ce qu'ils n'avaient jamais vu : l'empreinte des semelles d'un homme qui courait de l'autre côté du ciel en direction du sud.

La terre rose

À la mort de son grand-père, le jeune Adélard Boulanger reçut une terre en héritage. C'était une immense plaine couverte de sable et de pierres rosâtres surnommée « La terre rose ».

Avant d'appartenir à son grand-père, cette terre avait été la propriété d'un aïeul à la réputation peu enviable. La légende raconte que la première femme de cet aïeul disparut mystérieusement le lendemain de ses noces. On la chercha dans tout le canton et on ne la revit jamais. Chaque année, l'aïeul se remariait et, chaque fois, la nouvelle épouse restait introuvable. On raconte qu'il enterrait ses femmes et que, à la longue, la terre avait pris la teinte rosée de leur chair.

Le jeune Adélard Boulanger ne crut pas ces racontars. Lorsqu'il fut en âge de se bâtir une maison, il décida de parcourir la terre que son grand-père lui avait léguée. Elle était si vaste qu'il lui fallut trois jours pour en faire le tour. Contrairement aux autres terres de la région, noires et grasses, celle-ci était recouverte de roches et de sable roses. Aucun brin d'herbe, aucun arbuste n'y poussait.

Adélard alla quérir le sourcier du village, un maigrelet aux mains d'artiste. À l'aide d'une branche de saule, il pouvait déceler la moindre veine d'eau, la moindre artère qui courait sous la terre.

Le sourcier marcha sur le sol rose, tenant devant lui sa branche magique. Il n'avait pas fait dix pas, que la branche se pliait vers le sol. Là, une veine d'eau circulait dans les secrets de la terre. Dix pas plus loin, il y en avait encore une autre. Une autre, dix pas plus loin. Le sourcier courut plus loin et encore plus loin. Partout, la branche indiquait un incroyable réseau souterrain. De toute sa vie, il n'avait vu un tel phénomène.

Adélard Boulanger rêvait déjà aux puits qu'il voulait creuser. Il imaginait sa terre irriguée, donnant les plus belles récoltes de la région. Il paya le sourcier en lui remettant deux fois plus d'or que prévu et lui fit jurer de garder le secret.

Le sourcier promit et quitta les lieux. Sans plus tarder, Adélard prit une pelle et commença à creuser.

Le soir venu, Adélard se reposa quelques instants au fond du trou. Le soleil se coucha. Dans la noirceur la plus totale, il continua à creuser, creuser et, soudain, il sentit l'odeur de l'humidité emplir l'air. Il redoubla d'ardeur. Comme par enchantement, l'eau gicla sous ses pieds.

Adélard s'agenouilla et s'aspergea de cette eau miraculeuse. Elle était chaude, épaisse, prête à drainer des jardins entiers. Il s'y laissa tomber et s'y vautra, remerciant son grand-père de lui avoir légué un pareil trésor.

Dans le ciel, les nuages se dispersèrent et la pleine lune éclaira le fond du puits. Adélard écarquilla les yeux. Pris de panique, il se releva d'un coup et, dégoulinant, il s'appuya sur sa pelle pour ne pas perdre connaissance.

Il regarda ses pieds embourbés dans un liquide rouge qui jaillissait de la paroi. Il se mit à crier. Sa voix se perdit dans l'immensité de la nuit... Ce qui sortait des veines de la Terre n'était pas de l'eau.

La femme de marbre

*U*n sculpteur avait consacré sa vie à modeler la beauté féminine. Au sommet de son art, il tailla la femme de ses rêves dans un bloc de marbre blanc. Il passa ensuite plus de dix ans à lisser, sabler et ourler chaque détail de sa sculpture. Lorsqu'il eut terminé son ultime chef-d'œuvre, le sculpteur lâcha ses outils et contempla cette femme, plus belle que nature, en lui murmurant:

— Tu es la seule! Tu es l'unique!

Fier de son œuvre, le vieil homme rentra chez lui et n'en dormit pas de la nuit. Au petit matin, il retourna à son atelier, ouvrit la porte et constata avec horreur que toutes ses sculptures avaient été détruites. La femme de marbre, immobile sur son socle, tenait encore à la main le marteau avec lequel elle avait saccagé ses rivales.

$\mathcal{P}$ierrot Laroche

*D*ebout dans la calèche, la sage-femme fouettait son cheval. Les sabots, emportés dans leur course folle, martelaient la route.

Le cortège traversa plusieurs vallons sur lesquels dormaient, éparpillées, des centaines de pierres aussi grosses que des bœufs. Puis, après avoir longé la silhouette immobile de la montagne, la sage-femme tira sur la bride. Le cheval, couvert de sueur, vira à droite, empruntant une route qui grimpait à travers bois.

Sur les hauteurs du dernier plateau, la sage-femme reconnut enfin la grosse bâtisse de bois rongée par les saisons. Le cheval s'arrêta en haut de la côte, haletant, à la recherche de son souffle.

Douze enfants attendaient sur la galerie. Sans un mot, ils regardèrent la sage-femme entrer dans la maison. Elle monta à l'étage et pénétra dans la chambre de la mère, qui gémissait depuis longtemps. La sage-femme lui épongea le front et glissa les mains sous les couvertures. Un frisson la parcourut. Elle, qui avait assisté à plus de mille naissances, trouva le ventre de la mère dans de curieuses dispositions : il ne ressemblait à aucun autre ventre engrossé. Il portait des stries et des crevasses, identiques à celles d'une grosse pierre.

Après deux heures de travail, l'enfant sortit du ventre de sa mère. La sage-femme, malgré sa grande habitude, fut incapable de tenir le poupon dans ses mains.

Elle l'échappa.

Le petit tomba sur le plancher et roula sous le lit. Un coup de hache, fendant du bois, résonna dans la chambre. La sage-femme, un peu sorcière, considéra cette naissance comme une prémonition.

Agenouillée, elle contempla un spectacle étonnant. Quatre roches de bonne taille soutenaient le sommier et l'enfant, recroquevillé dans sa position fœtale, dormait parmi les pierres.

Elle empoigna l'enfant et lui donna une tape dans le dos afin qu'il crache son bouchon de mucus. En l'écoutant pleurer, elle coupa le cordon, nettoya le petit et le tendit à sa mère qui s'empressa de lui donner le sein.

La sage-femme se lava les mains et quitta les lieux au plus vite, prétextant qu'une autre naissance l'attendait au village.

L'enfant passa trois jours et trois nuits blotti contre sa mère. En parfaite symbiose, ils ne se réveillaient que pour les boires. Les aînés de la famille se relayaient pour accomplir les tâches ménagères.

À la fin du troisième jour, la mère se leva, fit sa toilette et se coiffa en contemplant avec émotion cet enfant qui dormait dans la chaleur de ses draps. Elle le souleva tendrement et le transporta hors du lit pour le langer.

Au moment où l'enfant toucha le berceau, le bruit d'une hache qui fendait le bois résonna dans la chambre. Le berceau de chêne se transforma en berceau de marbre.

La mère s'empara de son enfant et le serra contre son cœur. Effrayée, elle le déposa sur la table de chevet. Un autre coup de hache claqua. La table de merisier était devenue une table de granit.

Désemparée, elle prit l'enfant et descendit au rez-de-chaussée. Les aînés se précipitèrent sur leur mère, heureux de la voir debout. Chacun admira le frérot paisiblement endormi. Chacun voulait le prendre dans ses bras pour le câliner.

L'aînée s'approcha pour coiffer le léger duvet qui recouvrait la tête du nouveau-né. Dès que la brosse toucha le front de l'enfant, un coup de hache retentit dans la grande cuisine. Surprise, l'aînée lâcha la brosse transformée en pierre jaune. Tous les enfants se sauvèrent dans la grange.

Seule dans la grande maison, la mère ramassa un cheval de bois et le posa délicatement sur le front de l'enfant. On entendit un épouvantable sifflement. Le cheval fut changé en un jouet de pierre parcouru de reflets bleutés.

Elle saisit une bûche et l'appuya sur la main de son fils. Aussitôt, une roche aux riches chatoiements rougeâtres apparut. La mère prit son bébé et, en sanglots, le serra dans ses bras. Des larmes tombèrent dans le cou de l'enfant. Après quelques crépitements, des perles roulèrent sur le plancher.

La mère comprit qu'elle venait de mettre au monde un enfant doté d'un étrange pouvoir. Elle décida de l'appeler Pierre. Pierre pour la pierre des champs, pour la pierre précieuse.

**

Dès qu'elle fut remise de son accouchement, la mère abandonna ses douze enfants quelques heures et disparut avec le nouveau-né. Elle prit la direction du village, piquant à travers les pâturages qui s'étendaient jusqu'à la rivière.

Hors d'haleine, la mère parcourut les derniers boisés et arriva au village. Elle cogna à la porte du presbytère. Le bedeau encore ensommeillé lui suggéra de revenir quelques heures plus tard.

Alors, fixant le bedeau, la mère prit un missel sur la table de l'entrée. Elle appuya le livre saint sur le front de son enfant. Un bruit résonna dans le presbytère.

Le livre, devenu de marbre, lui glissa des mains et se brisa en morceaux. Le bedeau, bouleversé, fit trois fois le signe de la croix et alla chercher monsieur le curé.

Ce dernier arriva en finissant d'attacher sa soutane. Il invita la mère à entrer dans la cuisine. Elle déposa l'enfant sur la table, prit un croûton de pain qui traînait et le mit dans la main de son fils. Un coup de hache résonna dans la pièce. Un croûton de pierre, éblouissant comme un rubis, roula sur la table. Le curé ne dit rien, il regarda le ciel et tomba à genoux…

Il se releva, quitta la pièce et revint avec un crucifix. Il le déposa sur le front de l'enfant. Un éclair zébra la pièce. Au même instant, le crucifix prit la couleur d'un marbre vert et le Christ sur la croix brillait de tout l'éclat de l'onyx blanc.

Après la transformation d'une dizaine d'objets aussi variés que des tasses, des balais, des théières, des pots de confiture, monsieur le curé but son café, remonta ses lunettes sur son front et, le doigt pointé vers le ciel, décréta qu'il s'agissait là d'un don de Dieu. Cette faveur pouvait durer un jour, un mois, ou toute la vie. Mais une chose était certaine : il fallait s'en servir à bon escient.

Ce que le curé se chargea de faire sur-le-champ.

Il prit l'enfant dans ses bras et l'emporta dans la sacristie, suivi de la mère et du bedeau qui ne comprenaient rien. Le curé s'agenouilla devant une statue de la Vierge Marie, une vieille sculpture de bois datant du siècle dernier. Il approcha l'enfant de la Vierge. Aussitôt, la statue prit les couleurs chatoyantes d'un rubis.

Ensuite, monsieur le curé se précipita dans la nef de l'église qui sentait le bois pourri par l'humidité. En se promenant avec l'enfant, il lui fit toucher l'autel, les statues, la balustrade, les chaises et les chandelles. On entendait résonner des coups de hache jusque dans le chœur de l'église, comme si d'invisibles bûcherons cognaient contre les murs et les colonnes.

En quelques minutes, tout ce qui se trouvait dans la nef rayonna des mille éclats du diamant, de l'émeraude, du rubis et du saphir.

C'est ainsi que les villageois qui entrèrent dans leur église ce matin-là ne la reconnurent pas. Elle débordait de marbres colorés et de pierres précieuses.

Devant son église endimanchée comme une basilique, monsieur le curé demanda à la mère de jurer que jamais, jamais elle ne révélerait le don de son enfant. Elle jura, puis s'en retourna chez elle, abasourdie.

***

Les saisons glissèrent les unes sur les autres comme les ailes d'un oiseau sur le temps qui passe. Dans la grande maison de bois, on avait surnommé Pierre « Pierrot Laroche ».

La moitié de la maison, c'est-à-dire les chaises, les portes, les poignées, était maintenant sculptée dans le grès.

L'extérieur de la maison n'avait pas échappé aux transformations. Le vieux balcon ressemblait à celui d'un palais. Des marbres bleus côtoyaient des granits roses et des ardoises grises.

Le terrain entourant la bâtisse présentait un curieux spectacle. Trois sapins avaient été cristallisés et la clôture était recouverte de roches verdâtres. Dans la cour arrière se dressaient deux gros bonshommes de neige en marbre blanc, insensibles aux canicules de juillet.

**

Bientôt, les quêteux et les mendiants colportèrent la nouvelle d'un bout à l'autre de la région. Ils avaient passé la nuit dans un hangar de calcaire et vu des cochons s'ébattre dans une porcherie aux reflets dorés. Si bien qu'un matin, en tirant les rideaux, la mère aperçut des visiteurs monter la grande côte. La maison fut encerclée par une foule silencieuse et admirative.

L'après-midi, des habitants du village erraient dans les champs et les bois à la recherche de reliques ou de souvenirs.

Le soir, une foule impressionnante se pressait en silence autour de cette maison féerique. La mère apparut sur le balcon et pria gentiment les badauds de quitter les lieux.

Chacun fixait la mère d'un air narquois.

Pierrot ramassa une vieille branche et la leva au-dessus de sa tête. Un immense bruit de hache résonna entre les montagnes. À la surprise générale, la branche de bois se mua en pierre. Les curieux se dispersèrent, semblables à des lièvres poursuivis par un loup.

**

Le lendemain, les curieux étaient de retour, accompagnés par monsieur le curé. Ce dernier feignit l'indifférence. Il installa Pierrot sur ses épaules et, les bras au ciel, entama un discours qui ne convainquit personne.

Deux jours plus tard, monsieur le maire du canton et monsieur le chef de la police locale, flanqué de son garde du corps, vinrent constater les faits.

Après une brève conversation avec la mère, les trois hommes se sauvèrent comme des possédés, abandonnant leur équipement sur place. Les fusils, carabines, pistolets, balles, pare-balles, écussons, médailles étaient devenus plus lourds que du plomb.

**

Plus personne n'osa s'approcher de la demeure. Les saisons et les années passèrent. Les arbres produisirent leurs fruits. La terre donna son blé jusqu'au jour où les aînés de la famille, appelés par le destin, s'éparpillèrent aux alentours.

Lorsque les derniers enfants furent partis, Pierrot resta seul avec sa mère dans la grande maison de pierre.

Il atteignit lui aussi l'âge adulte. Un beau matin de printemps, il fit son baluchon et embrassa sa mère, lui promettant une visite prochaine.

Pierrot descendit au village avec l'espoir de trouver un endroit pour continuer sa vie. Il marcha au milieu des rues, étonné de voir tant de clôtures de bois, de maisons de bois, de trottoirs de bois. Étourdi par toutes ces nouveautés, il se réfugia derrière une église. Il finit par s'endormir au pied d'une croix de bois qui se changea aussitôt en marbre.

Pierrot fut réveillé par un bruit de pas. Une ombre lui cacha le soleil. Il ouvrit les yeux et reconnut la silhouette de monsieur le curé.

Ce dernier l'hébergea. Pierrot transforma la nouvelle rallonge du presbytère qui étincela bientôt de pierreries dignes d'un château royal. Il s'attaqua aussi au garage attenant, aux nouvelles clôtures et termina par le mobilier de la récente fabrique. Les chaises de bois devinrent aussi lustrées que du marbre poli avec amour.

Pendant ce temps, malgré les précautions prises par monsieur le curé, la rumeur se propagea d'un village à l'autre, d'une ville à l'autre. On se présenta à pied, à cheval, avec des brouettes, des voiturettes, des charrettes remplies d'objets hétéroclites. De bonne grâce, Pierrot touchait chaque objet, qui devenait plus lourd qu'une roche. Les roues éclataient. Les véhicules s'écroulaient, leur contenu se répandant par terre. Les chevaux ne pouvaient plus tirer leur charge. Il fallait vider les carrioles une à une, les réparer, entreposer ou cacher tous ces objets devenus la proie des voleurs. Le village était sens dessus dessous.

Avec l'aide des autorités, le curé fit installer de grands panneaux aux quatre coins de la ville. Il y était stipulé que, en échange d'une somme exorbitante, un seul objet par personne pouvait dorénavant subir une transformation.

Le règlement fut appliqué. Le prix excessif demandé par monsieur le curé ne découragea pas les curieux qui venaient en grand nombre. C'est ainsi que Pierrot, assis sous une immense statue de la Vierge Marie, prodiguait son don intarissable.

Une semaine s'écoula. Les curieux arrivaient maintenant des cantons voisins. Un mois plus tard, ce fut au tour des pays voisins d'envoyer leurs badauds. Après trois mois, des visiteurs en provenance des vieux continents débarquèrent avec d'anciens sépulcres de bois, de paille ou de terre cuite. Des prières, dans différentes langues, s'élevaient de cette foule cosmopolite, et, bien que cela ne plût pas à monsieur le curé, Pierrot travaillait avec la même passion, sans discrimination.

**

Une jeune femme plus belle que tous les levers de soleil se présenta un jour. Elle ressemblait à une madone parée de tissus plus somptueux que la soie. Quatre gardes, bardés de fer et armés de sabres, la protégeaient.

Enveloppée de capiteux parfums, s'exprimant dans une langue inconnue, la jeune princesse tendit à Pierrot un bracelet de cuir. Le cœur galopant, il lui remit un bracelet de pierres si chatoyantes que le soleil semblait s'être caché dans chacune d'entre elles.

La jeune femme reprit le bracelet et sourit à Pierrot en murmurant des mots mystérieux. Il eut l'impression que les grands yeux de la fille entraient en lui, que son corps de femme prenait possession du sien. Un court instant, Pierrot quitta le village et survola des pays étrangers remplis de parfums capiteux et de musiques célestes. Lorsqu'il redescendit sur terre, la belle s'éloignait avec ses gardes du corps. Elle disparut au bout de la rue et Pierrot ne la revit qu'en rêve, chaque soir de sa vie.

***

Des rides creusaient maintenant leurs sillons dans le visage de Pierrot. Sa vieille mère arrivait au terme de sa vie.

Un matin d'hiver, la maison vibra. Les portes et les fenêtres claquèrent. Une épaisse fumée blanche s'envola de la cheminée. Pierrot trouva sa mère immobile dans sa berceuse de granit. Elle ne bougeait plus. La vie l'avait quittée comme un oiseau quitte son nid.

Les larmes aux yeux, le fils saisit la chaise berçante et transporta sa mère dans la montagne. Il y creusa un grand trou. Lorsqu'il eut terminé, la vieille femme couverte de neige ressemblait à une statue de sel.

Pierrot la coucha entre quatre planches de chêne. Il enleva ses gants et toucha la première planche. Un léger claquement résonna. La planche se transforma en pierre noire. Il toucha la deuxième planche. Lentement, le chêne devint un marbre plus sombre que la nuit. Puis, ce fut au tour de la troisième. Après un long moment, elle se cristallisa à moitié. Il toucha la quatrième planche, qui resta de bois.

Pierrot se releva dans la tempête. Il regarda le cercueil, moitié marbre, moitié bois, disparaître sous la neige qui s'accumulait au fond du trou.

Il recouvrit sa mère de terre et plaça la vieille chaise berçante par-dessus le monticule.

En descendant la montagne, Pierrot sentit une grande fatigue l'envahir. Il vit au loin la maison danser sous les flocons et quand il fut assez près, il écarquilla les yeux. La belle demeure de marbre et de pierre était redevenue une maison de bois ordinaire. Les fenêtres aux montants pourris pendaient et claquaient au vent. Pierrot se précipita contre les murs, essayant de toucher tout ce qu'il pouvait. Rien ne bougeait, rien ne se transformait.

Il entra dans la maison. Le plancher ressemblait à un vieux plancher de bois, et la table avait repris ses allures d'antan. Pierrot promenait ses mains partout, semblable à un fou qui aurait voulu changer l'ordre du monde. Il criait, pleurait, égratignait les murs et les planchers qui refusaient de lui obéir.

À bout de forces, Pierrot se blottit dans le lit de sa mère. Il y resta trois jours et trois nuits, terré au milieu de ses souvenirs, incapable d'affronter la réalité.

La troisième nuit, la tempête se calma. Les vents déchaînés se changèrent en plaintes. Pierrot, tremblant de fatigue et de froid, tenaillé par la faim et la soif, sortit du lit, enfila ses habits les plus chauds et descendit à la cuisine. Des rats couraient partout, les bûches gelées refusaient de s'enflammer dans le poêle.

Au bout de ses peines, Pierrot comprit que son incroyable don l'avait quitté à la mort de sa mère. Tout ce qu'il avait transformé autrefois avait retrouvé son état d'origine.

Le visage en larmes, il descendit vers le village en pensant à la seule personne qui pouvait lui venir en aide: monsieur le curé, dans sa belle église de...

Les anges

Souvent, à la première lune d'été, des anges de bois, de marbre et de bronze quittent leur socle et vont se baigner dans les grandes eaux du fleuve.

Quelquefois, des plumes de bois, de marbre ou de bronze se détachent et se perdent dans le grand courant d'eau.

Voilà pourquoi ces anges ne peuvent plus voler.

Les chaises

*C*ela se passait dans le village le plus reculé du pays, un endroit où régnaient des légendes et où sévissaient d'incroyables superstitions. Il n'y avait en ces lieux ni chaises autour des tables, ni canapé dans les salons, ni bancs dans les églises. On pensait que, si quelqu'un s'assoyait sur une chaise, il attraperait les maladies, les tics et les défauts de son propriétaire.

Chaque villageois possédait sa propre chaise. Il s'y assoyait pour déjeuner, l'emportait au travail, s'y assoyait de nouveau pour besogner, la ramenait pour le souper et pour y passer la soirée. À sa naissance, chaque enfant recevait sa propre chaise de bois, son nom gravé sur le dossier. On enterrait la chaise avec son propriétaire quand il mourait. Dans les cimetières, il n'y avait, en guise de pierres tombales, que des dossiers sortant de terre.

Il était normal, dans ce coin de pays, de voir des dizaines, des centaines de personnes déambuler sur les trottoirs, dans les parcs ou dans les champs avec une chaise. Certains la portaient sur leur dos, d'autres sur leurs épaules. D'autres encore la traînaient d'une main lasse ou alors la portaient à bout de bras. Ces gens marchaient, travaillaient, vaquaient à leurs occupations, puis s'arrêtaient, s'installaient au coin d'une rue, au bout d'un champ, pour se reposer quelques minutes. Si bien que, d'un simple regard, il était facile de savoir qui était natif de la région. Les voyageurs, les étrangers n'avaient pas de chaise et personne ne pouvait leur en prêter. Ils devaient s'asseoir par terre ou rester debout.

Le matin, les enfants quittaient les maisons et se dirigeaient vers l'école du village avec leurs chaises. Ils s'y assoyaient pendant les cours et les transportaient dehors pendant la récréation. Les jeunes élèves s'inventaient des jeux en plaçant les chaises les unes sur les autres jusqu'à ce que l'échafaudage finisse par ressembler à un château ou à un navire de pirates.

Un jour, pour défier le destin, les enfants décidèrent de fabriquer la chaise la plus haute du monde. Ils se réunirent dans la cour de l'école et empilèrent leurs chaises les unes sur les autres en les attachant avec des bouts de corde, des lacets, des lanières de cuir.

Mais la chaise géante ainsi formée par la multitude de petites chaises n'était pas encore assez haute pour satisfaire leurs ambitions. Ils empruntèrent les chaises de leurs pères, de leurs mères, de leurs oncles, de leurs tantes, de leurs voisins. Bientôt, il ne resta plus une seule chaise disponible dans tout le village.

Les enfants construisirent une chaise tellement haute, qu'elle devint l'attraction principale de la région. Le professeur de mathématiques profita de l'occasion pour expliquer les bases de la géométrie et du calcul. Le professeur de français leur apprit un mot nouveau pour chaque chaise attachée, et le professeur de musique initia les enfants au solfège en écoutant le vent siffler entre les barreaux et les montants de bois. On loua l'esprit d'entreprise des jeunes et on les encouragea du mieux qu'on le put : en restant debout...

La chaise géante se dressait, majestueuse dans la nuit, jusqu'à frôler la lune. Chacun des villageois, du plus jeune au plus vieux, pouvait admirer cette forme gigantesque, immobile et silencieuse, qui dépassait fièrement le clocher et qui était visible à plusieurs kilomètres à la ronde.

Après trois jours et trois nuits d'adulation, on décida de démanteler la grande chaise, mais on n'en eut pas le temps. Le sol se mit à trembler comme la peau d'un tambour. Une onde se répercuta de maison en maison. Un géant apparut par-dessus les toitures. Il s'empara de la chaise et disparut de l'autre côté des montagnes.

Depuis ce jour, il est impossible de distinguer les natifs du village et les étrangers. Tout le monde est toujours debout.

Le petit voleur

À la naissance de Thomas, une pie voleuse se posa sur la cheminée de la maison et c'est, paraît-il, à ce moment-là qu'il reçut un curieux don : le don de voler. Non pas celui de prendre son envol comme la pie, mais le don de dérober ce qui ne lui appartenait pas.

Lorsque Thomas fut âgé de neuf ans, ses parents partirent à la chasse et ne revinrent jamais. Personne ne sut ce qu'il advint d'eux. Les vieux du village racontèrent qu'ils furent changés en loups-garous, d'autres les crurent emportés par la rivière et d'autres rapportèrent que les ogres de la montagne les avaient dévorés.

Thomas se retrouva donc orphelin. Grâce au don hérité à sa naissance, il subsista en volant sa pitance. Muni de besaces et de chaudières, il rampait en bordure de la rivière et volait les œufs dans les nids des perdrix. Il grimpait dans la montagne pour chaparder les réserves de noix que les écureuils avaient accumulées. Il s'emparait du miel des ruches, tétait les pis de vaches.

Seul au sommet de la montagne, Thomas contemplait la nuit. Soudain, une pluie d'étoiles filantes traversa le ciel. Aussi vif que l'éclair, il eut le temps d'ouvrir un de ses grands sacs et d'attraper une étoile. Il s'en servit comme lampe lors de ses nombreuses sorties nocturnes, puis il l'accrocha au fond de sa caverne.

Le lendemain, à l'aide d'une longue branche, il décrocha une à une les étoiles qu'il pouvait atteindre, les enferma dans son sac et les emporta dans sa tanière.

De soir en soir, au fur et à mesure que le grand chapiteau du ciel tournoyait au-dessus de sa tête, Thomas finit par décrocher presque toutes les étoiles. Il n'en restait que quelques-unes, minuscules, hors de portée, qui éclairaient faiblement le ciel devenu couleur de cendre.

Partout dans le monde, les astronomes et les physiciens se grattaient la tête et se posaient mille questions. Ce fut le premier des grands mystères.

Thomas monta sur la montagne avec son plus grand sac. Il attendit patiemment que la pleine lune glisse au-dessus de lui. Il la décrocha avec sa longue perche. La lune tomba au fond du sac en émettant un tintement cristallin. L'astre était là, lumineux, dans sa besace.

Au village, dans la ville voisine et dans les immenses cités, les savants, les généraux et les poètes scrutaient le ciel à la recherche de la lune. Ce fut le deuxième des grands mystères.

※

Thomas, en proie à une frénésie incontrôlable, laissa libre cours à son immense talent. Un jour, il vola le vent, d'abord celui du nord, puis celui du sud. Ensuite le vent d'est et celui d'ouest. Il les enferma dans de grosses poches et les cacha sous la montagne. Avec avidité, il s'empara des nuages, des plus petits aux plus gros.

Quand les étoiles, la lune, les vents et les nuages eurent disparu, Thomas sentit une irrésistible pulsion germer en lui.

Un matin, les habitants de la Terre se réveillèrent à la même heure que d'habitude. Chacun vérifia le tic-tac de son réveil, de sa montre, de son horloge. À huit heures, il faisait encore nuit. À midi, le ciel était noir. Thomas avait caché le soleil à l'intérieur de la montagne. En pleine nuit, à trois heures de l'après-midi, la montagne brillait. Les arbres, illuminés de l'intérieur, ressemblaient à des torches. Chaque feuille, chaque épine devenait une lumière. Les rochers transparents scintillaient comme des étoiles. Ce fut le troisième des grands mystères.

***

En quelques heures, les différents dirigeants de la planète se mobilisèrent et unirent leurs efforts pour retrouver le soleil.

Dans un bruit d'enfer, des centaines de rapaces métalliques décollèrent à la verticale. Des milliers d'engins blindés traversèrent les déserts. Des vaisseaux de métal sillonnèrent les mers. Des armées de fantassins rampèrent dans les forêts du monde entier jusqu'au moment où l'on constata qu'une étrange montagne irradiait près d'un village.

Les engins militaires se mirent en marche et encerclèrent la montagne lumineuse. Des oiseaux métalliques tournaient par centaines au-dessus des arbres illuminés. Dix mille fantassins, armés jusqu'aux dents, sortirent leur matériel de guerre. Monsieur le très honorable Président de toutes les nations alliées s'approcha, précédé d'un bataillon de spécialistes.

Thomas, alerté par tous ces bruits, sortit de sa caverne et se retrouva nez à nez avec Monsieur le très honorable Président.

Le bataillon de spécialistes s'engouffra dans le dédale des souterrains et découvrit rapidement les cachettes de Thomas.

Alors, Monsieur le très honorable Président de toutes les nations alliées entra dans une colère noire. Il prit Thomas sur ses genoux et, bien que cela ne fût plus permis par la loi, donna au jeune voleur une fessée inoubliable.

Thomas, en pleurs, jura de ne plus rien voler. Mais…

***

On obligea Thomas à replacer le soleil, la lune et les étoiles dans le ciel, on lui demanda de libérer le vent, le temps, les saisons et on le plaça dans un hôpital où il dut passer une série d'examens.

Les plus grands spécialistes l'auscultèrent de la tête aux pieds, fouillèrent dans son corps et, après plusieurs mois d'investigation, finirent par établir un diagnostic de trois mille quatre cent vingt-cinq pages, qui pourrait se résumer à ces mots: Thomas était un voleur. On ne pouvait rien y changer parce qu'il était né voleur. C'était un peu comme être roux de naissance, frisé de naissance, gaucher de naissance…

Thomas se promenait dans les corridors de l'hôpital avec une immense poche. Il pénétrait dans les chambres des malades et ceux-ci ressortaient, quelques instants plus tard, en criant de joie et en dansant. Les vieillards en fauteuil roulant se mettaient à courir et les cancéreux bondissaient d'allégresse. Personne ne fut surpris : quelqu'un capable de voler le soleil, la lune, les étoiles et le vent pouvait facilement faire disparaître les maladies.

À partir de ce jour, on fournit à Thomas tous les sacs et toutes les poches qu'il désirait. On l'encourageait à faire le tour des hôpitaux et des hospices. C'est ainsi que Thomas devint le plus célèbre voleur de maladies du monde.

Lorsqu'il arrivait dans un pays en guerre, il demandait qu'on lui fabrique un gros sac et il volait la guerre, parfois dans la bouche des états-majors. Quand il arrivait dans un pays défavorisé, il demandait qu'on lui apporte un gros sac et il s'emparait de la pauvreté, parfois même sur le dos des gens. Quand il rencontrait la violence, il sortait un sac de sa poche et puis hop, les bagarreurs retournaient chez eux en s'embrassant les mains.

**

Un jour, malgré lui, Thomas vola une pomme. Honteux de son geste, il tira un sac de sa poche et, pris d'une rage soudaine, se vola à lui-même son envie de voler. Il referma aussitôt le sac et le jeta dans la rivière. À partir de ce jour, Thomas ne déroba plus rien. C'en était fini de son don.

Lorsqu'on s'aperçut que Thomas ne volait plus ni la guerre, ni la haine, ni la maladie, ni la souffrance, on se désintéressa de lui et on l'oublia. Il retourna vivre dans sa cabane perdue dans la montagne. Il creusa un puits, cultiva son jardin, vendit ses légumes au village, acheta une poule, une chèvre, une vache et continua à vivre heureux, sans jamais vieillir. À quatre-vingt-dix-neuf ans, il ressemblait encore à un enfant de neuf ans.

Au village, on raconte qu'un jour Thomas avait volé sa propre vieillesse.

Les vieux amoureux

C'était un pays sans eau. Un grand désert de dunes où le vent et le soleil avaient creusé leurs empreintes sur le sol.

Dans ce pays vivaient des hommes et des femmes écrasés de soleil.

Chaque semaine, le vendredi midi, les enfants se rendaient au bout du village jusqu'à la côte qui descendait et se perdait dans les vallons rocailleux. Du haut de la pente, ils attendaient de longues minutes, jusqu'à ce que l'un d'entre eux s'écrie :

— Je les vois ! Je vois les amoureux ! Ils arrivent !

Venus des terres basses, un vieillard et sa femme apparaissaient au tournant du chemin. Le bonhomme portait une casquette de marin et sa femme, un gilet de sauvetage. Chacun avait sur son dos un gros sac rempli de patates.

Les deux vieillards marchaient en geignant. Les enfants déboulaient la pente pour venir les encourager.

— Allez ! Oh ! hisse ! madame Tremblay !

— À bâbord, monsieur Tremblay !

— Non ! à tribord.

Lorsqu'ils avaient atteint le sommet, les deux vieillards, couverts de sueur et de poussière, se laissaient tomber sur leur sac de patates. Monsieur Tremblay prenait la main de sa femme. Elle se retournait pour admirer le paysage en répétant chaque fois :

— C'est beau, on dirait la mer.

Les deux amoureux racontaient des histoires de vaisseaux fantômes, de flibustiers, de naufrages, de monstres marins. Les enfants cessaient alors de parler. Les yeux fixant les collines poussiéreuses qui ondulaient jusqu'au bout du regard, chacun rêvait d'océans à la mesure de son imagination.

Une fois reposés, les deux vieillards se relevaient, reprenaient leur poche de patates et marchaient jusqu'au magasin général en compagnie de la meute de jeunes.

Au magasin général, les deux vieux déposaient leurs sacs sur une grosse balance à poulie. En se tenant par la main, ils marchaient dans les allées, choisissant les produits indispensables à leur vie quotidienne : du sel, du poivre, de l'huile à lampe, des allumettes et surtout des revues, des calendriers, des almanachs illustrés de scènes marines.

Les bras chargés, ils retournaient au comptoir. L'épicier, monsieur Deslauriers, additionnait des chiffres sur un bout de papier. Il se relevait en ajoutant souvent :

— Vous avez trop de choses, il faut en enlever.

Ou bien, mais cela était rare :

— Le compte n'y est pas, vous pouvez prendre autre chose.

Les enfants, le nez collé à la vitrine du magasin, attendaient avec impatience le retour des vieux amoureux. Quand ils sortaient, chaque enfant avait droit à un bonbon à la menthe. Ensuite, la bande d'enfants raccompagnait les deux vieux sur le chemin. Ils se disaient au revoir en haut de la côte. Les plus fanfarons suivaient les deux vieillards jusqu'à leur maison. Ils habitaient une terre vallonnée. De grands morceaux de bois, sculptés comme des bouées, sortaient de terre. La cabane, construite au sommet de la plus haute colline, ressemblait à la coque d'un bateau. Tout autour, on y avait planté de grands mâts reliés par des câbles.

**

Un certain vendredi, les enfants du village attendaient le vieux couple d'amoureux. Le soleil aplatissait les arbres sur leur ombre. Les cigales chantaient dans l'air sec. La terre semblait morte, vaincue par la chaleur du midi.

Les enfants, les yeux fixés sur le tournant du chemin, virent apparaître le bonhomme Tremblay suivi de sa femme. Ils marchaient au ralenti, d'un pas alourdi par le poids de leur sac. À regarder leurs ombres glisser sur la route, on aurait cru deux bossus, deux infirmes traînant toute la misère du monde.

En bas de la côte, madame Tremblay s'immobilisa, la respiration saccadée. Elle tenta d'avancer un pied, resta quelques instants en équilibre, puis laissa tomber son sac. À la vue de la côte qui grimpait jusqu'au village, elle murmura à son mari:

— Je n'en peux plus... Je n'en peux plus...

Les enfants vidèrent son sac et se partagèrent les patates. Les bras chargés, ils gravirent la grande côte en courant devant le bonhomme Tremblay qui se déplaçait au pas d'escargot.

Lorsque le vieillard arriva au magasin, il trouva ses patates sur la balance du magasin et les enfants assis sur le bord de la galerie, absorbés par leur jeu de pirates et de flibustiers.

Le bonhomme Tremblay fit ses emplettes plus rapidement que d'habitude. Il acheta des bonbons à la menthe pour les jeunes, et ensemble ils rejoignirent madame Tremblay qui les attendait en bas de la côte.

Monsieur Tremblay prit la main de sa femme, remercia les enfants et tous deux s'en retournèrent sur le chemin de terre. En les regardant disparaître derrière la colline, les enfants crièrent:

— Au revoir! À la semaine prochaine!

***

Le vendredi suivant, les enfants les guettaient en haut de la grande côte. De gros nuages traversaient le ciel en laissant couler leur ombre sur les collines et les vallons. Un enfant cria :

— Je les vois ! Je les vois !

Seul le bonhomme Tremblay apparut avec sa poche de patates sur les épaules. À sa démarche, les enfants comprirent que le malheur venait de frapper. Le vieillard marchait, brûlé par un feu intérieur. Il monta la grande côte en balançant la tête de gauche à droite, en roulant des épaules. On aurait dit quelqu'un qui avait perdu la raison. Il avait la casquette de travers, les yeux exorbités, rouge sang. Sa bouche était devenue une longue cicatrice qui lui barrait le bas du visage. Il portait de grandes bottes de marin et le vieux gilet de sauvetage de sa femme.

Les jeunes se tassèrent sur le bord de la route pour le laisser passer. Le bonhomme murmura :

— Elle est partie… dans la mer… Elle se berce dans la mer…

Le bonhomme marcha jusqu'au magasin général. On pouvait voir, sentir, palper le poids de son malheur. Les passants changeaient de trottoir, les chevaux hennissaient et se cabraient. Le bonhomme s'en prenait au ciel :

111

— Elle est morte dans la mer! Elle est morte dans la mer!

Il bavait en clamant sa rage. Il tapait du talon et hurlait en se retournant et en crachant dans les empreintes creusées par ses semelles:

— Engloutie dans les eaux! Engloutie dans le grand remous!

Il arriva au magasin général suivi d'une foule de curieux qui le dévisageaient silencieusement. Tous savaient qu'il n'y avait rien à dire, rien à faire lorsque le malheur et la folie se jettent sur un homme pour le dévorer.

Il entra seul dans le magasin général. Les enfants l'épiaient par les fenêtres en commentant ses faits et gestes:

— Là, il pleure... là, il essuie ses yeux... il attache son gilet de sauvetage... il prend l'argent... attention! il revient...

Le bonhomme descendit les marches en s'essuyant la bouche du revers de la manche. Les yeux hagards, il se fraya un chemin dans la foule qui s'écartait à son approche. Il marcha, le dos courbé, les bras pendants. Aux limites du village, il s'arrêta, fouilla dans ses poches et lança aux enfants les pièces de monnaie qu'on lui avait données en échange de ses patates.

**

Le vendredi suivant, les enfants guettaient l'arrivée du bonhomme Tremblay. Leurs grands yeux secs fixaient le tournant de la route.

Impatients, les plus grands et les plus braves décidèrent d'aller à la rencontre du vieillard.

Après avoir descendu la grande côte et traversé des vallons déserts, ils arrivèrent enfin à la hauteur des terres du vieil homme. Ils n'eurent pas à le chercher longtemps. Il était là, le vieux fou, avec sa casquette et son gilet de sauvetage. Une hache à la main, il bûchait et fracassait tout ce qui se trouvait devant lui. Les barques et les chaloupes gisaient déjà éventrées dans les champs. Les grands mâts plantés un peu partout tombaient un à un sous les coups de la hache.

Debout sur le pont de sa maison, le vieux fit voler en éclats le bastingage en bois. Il défonça une grande partie de sa cabane, ne laissant que des murs ballants.

Les enfants, cachés derrière un monticule de terre, observaient la scène avec frayeur. Tout à coup, le bonhomme se mit à courir en gesticulant. Il tombait à genoux, enfouissait ses mains dans la terre puis, les doigts en sang, la caressait en lui murmurant des mots d'amour. Il roulait entre les sillons comme s'il avait été emporté par des vagues. Le visage en larmes, il se remettait à genoux et faisait mine d'enlever son gilet de sauvetage. Il le déboutonnait, l'ouvrait, levait les mains au ciel, puis se laissait de nouveau tomber en gémissant :

— Je t'aimais ! Je t'aimais !

Le bonhomme se releva. La tête penchée, les épaules basses, il commença à tourner autour d'un rocher. Il s'immobilisa et caressa la texture de la pierre avant de grimper dessus.

Debout sur le piton rocheux, le bonhomme ôta sa casquette, déboutonna un à un les boutons du gilet de sauvetage, l'enleva et le posa sur le rocher.

Ensuite, il retira sa chemise, son pantalon et son long caleçon d'habitant. En silence, il plia ses vêtements et les plaça sur le gilet de sauvetage. Il déposa délicatement sa casquette sur le paquet.

Nu, maigre et sec, le vieillard s'avança jusqu'à la pointe du rocher. Sa peau avait la couleur du lait. Le soleil la rendait brillante, luisante comme le marbre blanc.

Il resta debout, immobile sur le rocher, pendant de longues minutes. Puis, lentement, il joignit les mains, tendit les bras, plia les genoux et se lança dans le vide, tête première.

Les enfants le virent tomber tel un oiseau qui oublie de déployer les ailes. On aurait dit que le sol s'ouvrait. Le corps entier du bonhomme pénétra dans la terre, d'abord les mains, et les bras, les épaules, le torse, les cuisses, les genoux et, pour finir, les pieds.

Il émergea trois mètres en amont. Une jambe sortit, puis rentra dans la terre. Plus loin, un bras s'éleva entre les sillons. Une main s'ouvrit à la recherche d'un appui et, ne trouvant rien, se referma dans le vide.

Le bonhomme Tremblay disparut, englouti par la terre. Les enfants, après quelques moments d'effroi, se précipitèrent sur la route pour raconter à leurs parents l'incroyable scène dont ils avaient été témoins.

Personne ne voulut les croire.

Les statues

*I*l arrive souvent que les soldats de bronze descendent de leur socle pour caresser les femmes de marbre au centre des fontaines. C'est la raison pour laquelle le bronze se ternit rapidement.

Le mort siffleur

*L*e bonhomme Chénier n'avait jamais parlé de sa vie. Du plus loin qu'on se souvienne, il s'était toujours exprimé en sifflant. Il sifflait pour un oui ou pour un non. Il sifflait pour exprimer sa joie, sa peine, si bien que, à la longue, les habitants du village s'y étaient accoutumés.

Un soir, comme à son habitude, le brave homme se rendit à la Taverne des Quatre Vents pour s'installer à la table qui lui était réservée. En sifflant, il commanda une bière, puis une seconde, puis une autre... Ce soir-là, coup sur coup, il enfila douze grosses bières... en sifflant.

À minuit, le patron éteignit trois fois les lumières de la taverne. L'heure de la fermeture était arrivée. Les buveurs quittèrent les lieux en chancelant, sauf le bonhomme Chénier qui resta assis devant ses douze bouteilles vides. Le corps raide, les yeux perdus dans le vague, il regardait devant lui en sifflotant.

Le propriétaire, habitué aux hommes ivres, lui

secoua l'épaule. Chénier était aussi rigide et aussi froid qu'un bloc de glace.

Le tavernier se précipita chez le médecin du village. Ils revinrent à la course en empruntant le dédale des rues obscures.

Le médecin ausculta Chénier. Son cœur ne battait plus, ses poumons ne respiraient plus. Mais il sifflait toujours.

On réveilla le curé en plein milieu de la nuit. Incrédule, il constata lui-même l'état du malheureux. Le curé lui ferma les yeux et lui donna les derniers sacrements. L'homme sifflait de plus belle.

Pendant trois jours, les habitants du village se rendirent à la taverne pour veiller le corps du bonhomme Chénier, assis à sa table, le cou raide, les yeux clos devant ses douze bouteilles vides. Seule sa bouche continuait à siffler, rompant ainsi le silence des lieux.

Au bout des trois jours, le maire du village alla quérir le médecin de la ville voisine qui fit, à son tour, un examen complet et conclut à la mort officielle, définitive et irrémédiable du bonhomme Chénier.

On décida d'enterrer le cadavre dans le cimetière près de l'église. On creusa une grande fosse et, comme le bonhomme était aussi rigide qu'une barre de fer, on l'enterra assis sur sa chaise. On le descendit au fond du trou et, pendant qu'il sifflait, on le recouvrit de terre noire. On installa une croix où était inscrit, en guise d'épitaphe : « Ci-gît monsieur Albert Chénier, roi des siffleurs. »

Lorsque l'assemblée se tut pour réciter la dernière prière, chacun put entendre, sortant de terre, les sifflements du bonhomme. Au début, ils semblaient lointains. Mais, au fur et à mesure que le temps passait, les sifflements devinrent aussi clairs que le chant des oiseaux.

Les villageois retournèrent vaquer à leurs occupations. La vie reprit son cours normal jusqu'à la grand-messe du dimanche suivant. Après l'homélie, lorsque les fidèles se recueillirent en silence, ils devinèrent les sifflements du bonhomme amplifiés par la nef. Petit à petit, on les entendit avec une telle netteté, qu'on aurait cru le bonhomme assis dans l'église. On l'entendait siffler de la crypte au clocher. Désormais, on ne pouvait plus prier, se marier, se confesser sans percevoir ses sifflements.

On convoqua une réunion extraordinaire à la Taverne des Quatre Vents. Les paroissiens, avec l'accord du maire, du curé et du docteur, décidèrent de déplacer le corps du défunt. On le déterra et on lui creusa une nouvelle tombe aux confins du cimetière, là où il ne pourrait déranger personne.

À peine l'avait-on recouvert de terre qu'on entendit l'écho des sifflements sortir de la bouche d'un puits et, un peu plus loin, par la cavité d'une source. Les sifflements voyageaient à travers le réseau souterrain des cavernes et des puits artésiens. Si bien que, le premier soir, personne ne trouva le sommeil.

On se réunit encore à la Taverne des Quatre Vents. On proposa mille solutions et on n'en retint qu'une: il fallait enterrer le bonhomme le plus loin possible, de l'autre côté de la montagne, là où il ne gênerait plus.

On le déterra une autre fois et, pendant que le bonhomme sifflait, on l'emmena sur l'autre versant de la montagne. On creusa un caveau au fond d'une grotte. On remplit la grotte de terre et on boucha l'entrée avec une grosse pierre. Lorsque cela fut fait, chacun en silence tendit l'oreille. On ne percevait que les bruissements du vent dans les branches. Les habitants rentrèrent chez eux, heureux d'être enfin débarrassés du bonhomme.

C'est ce même soir que les loups de la montagne, épouvantés par les sifflements, se mirent à hurler sans jamais s'arrêter.

Les trois sculpteurs

*U*n sculpteur hanté par la perfection trouva, au bout d'un champ, un morceau de marbre informe. Il l'emporta dans son atelier et entreprit de le polir à mains nues. Lorsque le marbre informe devint une sphère parfaitement ronde, le sculpteur mourut, avec la certitude du travail bien fait.

Son successeur, un jeune homme, lui aussi fasciné par la perfection, passa ses jours et ses nuits à lisser le marbre rond jusqu'à obtenir, au crépuscule de sa vie, un cube parfait.

Son disciple, fasciné par la beauté de la nature sauvage, transporta le cube au bout d'un champ. Chaque matin de sa vie, il s'agenouilla près du marbre de plus en plus ravagé par les intempéries.

Lorsqu'il fut impossible de reconnaître cette pierre d'entre toutes les autres, le troisième sculpteur trépassa, avec le sentiment que justice était faite.

Le sculpteur de nuages

À cette époque, le jeune Bernard se couchait souvent sur le dos au beau milieu du trottoir. Les yeux fixés au ciel, il admirait la longue trajectoire des cumulus et des stratus. Les passants, habitués à le voir ainsi, l'enjambaient en lui murmurant le plus beau compliment du monde :

— Tiens, Bernard a encore la tête dans les nuages !

Il passait aussi de grandes journées allongé dans les hautes herbes du vallon, à contempler les nimbus qui tournaient, s'effilochaient, se détachaient et se rattrapaient dans une danse sans fin.

Il avait recensé plus de deux mille nuages. Chacun était numéroté et portait un nom que Bernard retranscrivait dans un calepin dont il ne se séparait jamais : *« Celui-ci ressemble à un cheval au galop, celui-là, à une marguerite, et l'autre, là-bas, on dirait une chaise à l'envers. »*

Le plus difficile était de donner un nom à ceux qui changeaient de forme en traversant le ciel. Cela formait de curieuses phrases: « *Un nuage qui ressemble à un cheval à bicyclette devient un chapeau de paille puis lentement un fromage qui s'effiloche.* » Ou bien: « *Deux cactus se croisent pour devenir une lampe à genoux sur un serpent qui se déroule comme une pomme.* » Ou encore: « *Un gros cumulus coupé en dés s'empare d'une banane en laissant tomber deux souris blanches.* »

***

Un jour, en courant dans la plaine, Bernard s'arrêta devant le mur infranchissable d'une épaisse forêt.

Il regarda le ciel et aperçut, au loin, une chose étrange qui s'élevait au-dessus des arbres. Des légendes de loups-garous, des histoires de sorcières, des contes d'enfants perdus en forêt lui revinrent si nettement à l'esprit qu'il fut effrayé à la seule idée de s'engouffrer dans les bois.

Mais il y avait cette chose, au loin, qui s'élevait au-dessus de la cime des arbres et qui rejoignait le ciel.

Bernard entendit des bruissements. Quelqu'un longeait les abords de la forêt. Bernard se cacha derrière un buisson et vit arriver une vieille dame portant un baluchon. En turlutant, elle emprunta un sentier et pénétra dans l'obscurité des bois.

Sur la pointe des pieds, Bernard la suivit. Les

oiseaux chantaient. Des papillons multicolores voletaient autour de lui. Le soleil se faufilait à travers la voûte des branches et des feuilles.

La vieille dame s'arrêta devant un chêne. C'était un arbre plusieurs fois centenaire, gigantesque, avec des racines semblables aux doigts d'un géant s'agrippant à la terre.

La dame sortit une échelle dissimulée dans les fourrés. Elle l'appuya contre le grand chêne et commença à grimper avec son baluchon. Le feuillage était si dense que Bernard ne pouvait voir ce que la vieille dame manigançait dans l'arbre. Elle redescendit quelques instants plus tard, les mains vides. Elle cacha de nouveau l'échelle dans les buissons et s'en retourna par le sentier en sifflotant et en chassant les mouches.

Bernard resta seul dans la forêt. Malgré sa peur, il contourna le grand chêne, prit l'échelle, l'appuya contre le tronc et grimpa. Entre les plus grosses branches, on avait construit une plate-forme. Le baluchon de la vieille dame y était déposé, bien en évidence. Bernard l'ouvrit. Il contenait une miche de pain chaud, des fromages, des saucissons, une cruche d'eau ainsi qu'une note : « *Merci pour l'averse de la semaine dernière… Nous vous en sommes très reconnaissants.* »

Assis sur la plate-forme, Bernard essayait de comprendre à qui ce message était destiné lorsqu'il aperçut une deuxième échelle qui montait en ligne droite dans le feuillage de l'arbre.

Il se mit à gravir les échelons. Un peu plus haut, un autre panier d'osier était accroché. Il contenait un poulet cuit, aromatisé à la sarriette, une bouteille de vin et une nouvelle note : « *Merci pour le merveilleux coucher de soleil, les nuages étaient magnifiques.* »

Agrippé aux barreaux de l'échelle, Bernard consulta son calepin. En effet, deux jours plus tôt, le coucher du soleil avait été si spectaculaire que tous les habitants du village en avaient parlé.

Bernard passa l'anse du panier autour de son bras et, d'un échelon à l'autre, il amorça une lente montée vers les nuages.

Lorsqu'il s'arrêta pour se reposer, son regard embrassa l'étendue de la campagne, avec ses champs ratissés, ses coteaux verdoyants et, tout au fond, son village perdu dans les vapeurs de la terre fraîchement labourée.

Le cœur de Bernard battait à tout rompre lorsqu'il pénétra dans le nuage. Le bas et le haut de l'échelle disparaissaient dans la brume. Il n'y avait plus de vent, plus de bruit.

Soudain, en grimpant, Bernard entendit les craquements d'un plancher. Il crut même percevoir les murmures d'une vieille chanson à répondre, semblable à celle qu'il entendait souvent à la fête du village.

Arrivé au sommet de l'échelle, il sauta sur un balcon. De là, il monta quelques marches et se retrouva debout sur une plate-forme.

Cette estrade, érigée par-dessus les nuages, était la construction la plus extraordinaire que Bernard ait jamais vue. Des ciselets, ébauchoirs, poinçons, gouges, spatules et copeaux de ouate jonchaient le plancher. Plus loin, il aperçut un établi, des étagères, un abri de fortune et un lit, sous lequel étaient rangées des boîtes remplies d'instruments tous plus étranges les uns que les autres. La plate-forme était entourée d'une clôture sur laquelle on avait suspendu des miroirs, des lunettes, des télescopes, des perchoirs.

Dans le coin le plus éloigné, un homme à la silhouette immense, le dos courbé, semblait travailler en chantonnant :

— V'là l'bon vent... v'là l'joli vent...

Bernard répondit d'une petite voix :

— V'là l'bon vent, ma mie m'appelle !

L'homme lâcha ses outils, se redressa, se retourna.

Bernard resta figé sur place. Le vieil homme le regardait droit dans les yeux. Il avait les pupilles bleues, la peau brune et plissée. Un chapeau ombrageait son visage. Une moustache blanche cachait sa bouche.

L'homme s'approcha lentement. Il pencha la tête et posa sa grosse main sur l'épaule de Bernard.

— Que fais-tu là, mon petit ?

— Je... je vous ai apporté votre panier de provisions...

— Et le vertige ? Tu n'as pas eu le vertige ?

— Non, qu'est-ce que c'est, le vertige ? Qu'est-ce que c'est, ici ? À quoi travaillez-vous ? Et...

— Ho... ho... mon petit, mais tu m'étourdis avec tes questions. Je suis sculpteur. Tu ne peux pas comprendre, je suis un sculpteur de nuages !

— Bien sûr que je peux comprendre. Regardez, j'ai noté dans mon calepin la forme et le nom de tous les nuages recensés depuis deux semaines. Je suis spécialiste en nuages, moi !

— Et moi, je les fabrique. Tu ne dois pas rester ici. Ce que tu as fait est dangereux... très dangereux. Maintenant, tu dois redescendre. Je vais te reconduire en bas.

Le vieil homme attacha le bout d'un câble à sa ceinture et l'autre bout à la taille de Bernard. En silence, ils quittèrent la plate-forme. Le sculpteur descendait en premier, suivi de Bernard, troublé par cette incroyable rencontre.

Sous le nuage tombait une pluie fine. Un orage se préparait. Ils descendirent jusqu'au pied de l'arbre et Bernard retourna chez lui, courant sous l'averse et les coups de tonnerre.

Ce soir-là, avant de s'endormir, il écrivit dans son

calepin: «*J'ai rencontré un sculpteur de nuages. J'ai vraiment rencontré un vrai sculpteur de nuages.*»

***

Il plut sans arrêt pendant trois jours et trois nuits. Le matin du quatrième jour, le coq chanta. Le soleil éclaira l'horizon. Bernard emplit un panier de provisions avec tout ce qui lui tombait sous la main.

Il traversa la vallée et s'engouffra dans la forêt. En reprenant son souffle, il chercha l'échelle cachée dans les talus. Elle avait disparu. Bernard fouilla partout autour de l'arbre, sans succès.

Il finit par trouver l'échelle enfouie, plus loin, sous un amas de vieilles branches. Il l'appuya contre l'arbre. Une fois debout sur le premier palier, il remonta l'échelle pour que personne ne s'en empare et commença son ascension vers le ciel.

***

Parvenu sur la plate-forme, Bernard s'écria:

— V'là l'bon vent, monsieur le sculpteur, je vous ai préparé une bonne collation.

Le sculpteur referma son canif, se pencha et murmura de sa voix rauque:

— Tu es téméraire, mon petit, et aussi bien gentil,

mais tu ne dois pas venir ici... Les sculpteurs de nuages n'aiment pas être dérangés. Tu comprends ?

— Je ne vous dérangerai pas. Je vais m'asseoir ici dans le coin et je ne dirai pas un mot, pas un mot !

Le sculpteur se gratta le front :

— D'accord. Si tu prononces un seul mot, tu redescends et tu ne reviens plus ici... Juré ?

Bernard ne répondit pas. Le vieux sculpteur fronça les sourcils, lissa sa grosse moustache et se remit au travail.

Assis dans un coin, Bernard eut le loisir de voir le sculpteur à l'œuvre. Le vieil homme façonnait de grands nuages qu'il laissait battre au vent le long de la plate-forme. Puis, d'un coup de faux, il les coupait et, avec de grands gestes qui ressemblaient à une danse, il les lançait au-dessus de sa tête afin qu'ils prennent le large.

De temps à autre, le sculpteur jetait un coup d'œil vers Bernard, toujours silencieux.

À la fin de l'avant-midi, lorsque le soleil fut à son zénith, le sculpteur enleva son grand chapeau, se lissa les cheveux et ouvrit le panier que Bernard avait apporté.

— Hum... du salami... du cidre... du gâteau aux courgettes... Dis-moi, mon jeunot, comment t'appelles-tu ?

Bernard n'osait pas répondre.

— Allez, tu peux parler, je te libère de ton serment !

Installé sur un tabouret de bois, les deux coudes appuyés sur ses genoux, le sculpteur mangeait avec appétit. Mille questions trottaient dans la tête de Bernard qui se contenta de demander :

— Il y a longtemps que vous êtes sculpteur de nuages ?

— Depuis longtemps, depuis très longtemps, répondit le vieillard. Il y a si longtemps que je ne m'en souviens guère. Je suis monté un jour et ne suis presque jamais descendu. À cette époque, un vieil homme travaillait ici. C'est lui qui m'a appris les trucs du métier.

— Et il y en a beaucoup, des trucs ?

— Des centaines.

— Est-ce que je pourrais apprendre ?

— Non !

— Pourquoi non ?

— Parce que tu es beaucoup trop jeune… Maintenant, tu dois redescendre, tes parents vont s'inquiéter !

***

Le lendemain, le surlendemain et tous les jours qui suivirent, Bernard grimpa au sommet de la grande échelle, malgré la désapprobation du vieux sculpteur. Chaque fois, il le désarmait en annonçant avec son plus beau sourire :

— Je vous ai apporté un pain chaud… J'ai une bonne idée pour fabriquer un nuage.

Bientôt, le vieux sculpteur ne fut plus surpris de le voir apparaître sur la passerelle. Bernard montait et descendait les paniers de provisions, aiguisait les couteaux et balayait le plancher. En plus, il amusait le sculpteur avec sa manie d'inventer un nom pour chaque nuage: «l'éléphant cornet de crème glacée», «la toupie aux trois carottes», «le mouton à six pattes avec un trou au milieu»…

Le vieux sculpteur répondait rarement aux questions de Bernard. Par contre, il lui arrivait souvent de parler, seul, à voix haute.

Au fil des monologues, Bernard apprit que le métier de sculpteur de nuages était très exigeant. Il fallait non seulement posséder une grande connaissance des vents et des changements subtils de la pression atmosphérique, mais aussi une mémoire infaillible et un sens inné du spectacle pour créer des couchers de soleil inoubliables. Ce métier exigeait également des qualités de peintre, de sculpteur, d'ingénieur, de météorologue et de poète. En plus, il fallait se lever de bonne heure et parfois même travailler la nuit. Inlassablement recommencer, jour après jour, en pensant aux gens d'en bas. Bref, le métier de sculpteur de nuages comportait d'énormes responsabilités. La survie de toute la communauté dépendait de lui.

Bernard apprit aussi que la forme des nuages

pouvait varier selon l'humeur du sculpteur. Des cumulonimbus épouvantablement gris pour les jours de grande colère. Des altostratus en voile pour les journées calmes. Des pluies fines pour les petites peines. Des trombes d'eau pour les grosses peines. Des jours ensoleillés pour le repos. Des nimbus pour le plaisir. De légers nuages pour les moments paisibles...

***

Un jour, Bernard arriva sur la plate-forme coiffé d'un vieux chapeau de paille et muni d'une branche en forme de faucille. Le sculpteur l'examina en souriant. Il demanda à Bernard de ramasser des copeaux et de les entasser dans un grand sac de coton.

Lorsque cela fut fait, le sculpteur ouvrit le sac, y plongea les mains et en sortit une boule informe semblable à de la ouate.

En copiant les gestes du sculpteur, Bernard modela cette étonnante matière jusqu'à lui donner la forme grossière d'un petit nuage.

Bernard replongea ses mains dans le grand sac et recommença les mêmes gestes. En quelques minutes, sept nuages plutôt rudimentaires flottaient au-dessus de la plate-forme. Bernard sautait de joie et criait:

— J'ai fabriqué des nuages! Je suis... je suis un sculpteur de nuages pour vrai!

Ce soir-là, avant de s'endormir, il écrivit dans son calepin: *« Aujourd'hui, c'est le plus beau jour de ma vie. »*

***

Dès lors, chaque jour devint le plus beau jour de sa vie… Tous les matins, Bernard traversait la vallée, s'enfonçait dans la forêt et grimpait en haut de la grande échelle.

Les saisons passaient. Bernard avait perfectionné sa faux sculptée dans une branche d'érable et avait inventé plusieurs instruments pour polir les nuages.

Un matin, alors qu'il était arrivé plus tôt que d'habitude, le sculpteur mit sa grosse main sur son épaule en murmurant:

— Aujourd'hui, je me repose…

Bernard comprit ce que cela voulait dire. Il feuilleta son cahier de croquis, consulta le vent et se mit à l'ouvrage.

Pour débuter, il entreprit la confection d'un cheval. Il sculpta quatre pattes au nuage, ajouta une queue et une très longue crinière. Ensuite, pour accompagner ce pur-sang dans sa première course céleste, il lui façonna une belle jument.

Le jeune sculpteur modela une série de nuages à têtes d'oiseaux, de chiens, de chats, de vaches et de moutons. Sans un mot, il quitta la plate-forme, dévala l'échelle et s'en fut parcourir la plaine en suivant la direction du vent.

Il se coucha dans l'herbe et fixa le ciel vide. Quelques instants plus tard, le cœur battant, et une goutte de rosée dans les yeux, il regarda glisser au-dessus de lui le cortège de ses premiers nuages.

***

Les années s'écoulèrent. Bernard, maintenant dans la force de l'âge, aidait le vieux sculpteur dans ses travaux. Suspendu dans le vide, c'est lui qui réparait la plate-forme, consolidait la passerelle, remplaçait les vieilles planches.

À cette époque, le vieillard passait de longs moments à mettre de l'ordre dans ses nombreux documents. Assis à sa table, il rédigeait un mémoire regroupant la somme de ses connaissances. D'en bas, la lueur de son fanal ressemblait à une étoile accrochée au firmament.

***

En vieillissant, le sculpteur sembla redevenir un petit enfant. Il avait perdu toutes ses dents et n'avait plus un seul cheveu sur la tête. Bernard devait le nourrir à la cuillère et à l'écuelle. Tous deux savaient que, bientôt, plus rien ne serait comme avant.

Un soir où il avait demandé à être seul, le vieillard, de peine et de misère, enfila ses habits de velours. Il glissa sa faucille et ses instruments préférés dans les ganses de sa ceinture et, d'un dernier souffle, éteignit la chandelle. Debout dans la nuit, il contempla une dernière fois les étoiles, puis il s'effondra sur son lit.

**

Au lever du soleil, un aigle royal dessinait des arabesques dans le bleu du ciel. Bernard escalada l'échelle avec appréhension. Il trouva le vieux sculpteur étendu sur son lit, vêtu de ses habits de lumière. Il lui ferma les yeux et l'embrassa sur le front.

Bernard sortit ses propres instruments. Il aiguisa sa faux, en vérifia le tranchant. Ensuite, il se coiffa du grand chapeau, cracha dans ses mains et se mit à l'ouvrage.

Le soir venu, il avait sculpté une grande barque qu'il amarra à un câble et qu'il laissa flotter le long de la passerelle.

Le deuxième jour, il confectionna un grand mât qu'il fixa à la barque.

Le troisième jour, il tissa des voiles avec de grands pans de cirrus. La grande barque tanguait le long de la passerelle, fin prête pour le grand voyage.

Le matin du quatrième jour, Bernard prit le vieux sculpteur dans ses bras et le coucha au fond de la barque.

Bernard regarda une dernière fois son vieil ami et, les larmes aux yeux, détacha la barque qui se mit à dériver. Elle vira de bord et se plaça sous le vent. Les voiles se gonflèrent. Inclinée à tribord, elle montait, descendait, suivait les grands courants d'air jusqu'à devenir un minuscule point, qui disparut de l'autre côté du temps.

Debout sur la plus haute plate-forme, Bernard hurla sa peine. Ses cris se perdirent dans le vent. Des orages éclatèrent. Poussés par des vents d'une violence inouïe, de gros cumulonimbus plus noirs que la nuit obstruèrent le ciel. Des éclairs et des coups de tonnerre éclatèrent d'un horizon à l'autre. Puis, tout à coup, le lendemain midi, le ciel se tut. Un aigle plongea vers la plate-forme et se percha sur le poing du nouveau sculpteur de nuages.

**

Bernard passa le reste de sa vie sur la plate-forme. Il rénova les lieux et installa plusieurs grands perchoirs. Les oiseaux venaient le visiter. Un aigle à tête blanche devint son confident. Souvent, le rapace disparaissait quelques jours. Puis Bernard le voyait survoler les contours de l'horizon, dessiner des arabesques et venir délicatement se poser sur son perchoir. L'aigle patrouilleur venait informer son maître des nouvelles du monde.

* * *

Les saisons culbutaient les unes sur les autres à une vitesse folle.

L'hiver, Bernard s'emmitouflait dans d'immenses peaux d'ours. Au printemps, le pollen des fleurs l'embaumait. L'été, sous un soleil de plomb, il travaillait sans relâche pour empêcher le soleil d'assécher les récoltes.

À l'automne, la nature s'offrait en spectacle. Bernard, du haut de son perchoir, admirait le changement des couleurs.

* * *

La peau du visage ridée, le dos courbé, Bernard travaillait de la pointe du jour jusqu'au crépuscule. Souvent, pour se donner force et courage, il sifflotait de vieilles rengaines qu'il allait puiser au cœur de sa jeunesse. Un jour qu'il sifflait «V'là l'bon vent, v'là l'joli vent...», il entendit une voix juvénile répondre:

— V'là l'bon vent, ma mie m'appelle...

148

Le sang de Bernard cogna dans sa poitrine. Il lâcha ses outils, se retourna et aperçut une fillette debout sur la plate-forme. Elle le regardait de ses grands yeux.

Bernard murmura :

— Mais… qu'est-ce que tu fais là, jeune fille ?

Elle répondit avec un grand sourire :

— Bien, je… j'ai monté votre panier de provisions…

— Et le vertige, tu n'as pas eu le vertige ?

— Non ! Qu'est-ce que c'est, ici ? À quoi travaillez-vous ?

Le vieux Bernard s'approcha de la fillette. Elle avait le regard aussi bleu qu'un ciel d'été.

Il se mit à genoux et, les yeux pleins d'eau, la serra dans ses vieux bras.

La rivière

*A*u troisième coup de tonnerre, la rivière devint une grande pierre lisse, plus dure que le granit. Les enfants qui s'y baignaient se retrouvèrent prisonniers.

Le ciel éclaté

*P*endant des années, Jos England avait labouré une terre pauvre et caillouteuse qui n'avait donné que des laitues maigrelettes, des tomates desséchées et des concombres plus fins que des haricots.

Un soir, en maudissant les dieux, le père England prit un caillou et le lança vers le ciel. Le caillou monta à la verticale et se fracassa sur la voûte céleste. Le ciel craqua, se brisa en millions d'éclats.

Jos England courut se réfugier sous les branches d'un orme. Pendant toute la nuit, le ciel se détacha en morceaux coupants comme du verre. Les feuilles de l'arbre furent déchiquetées.

Au lever du soleil, la surface du champ était couverte d'une épaisse couche de verre concassé.

Jos England, éberlué, quitta ces lieux. À force de courir sur les débris coupants, les semelles de ses bottes se fendirent et tombèrent en lambeaux.

Les pieds tailladés, Jos England parcourut le monde en expliquant, à qui voulait l'entendre, comment le ciel était tombé dans son champ.

Personne ne le crut.

La roche de monsieur Leclerc

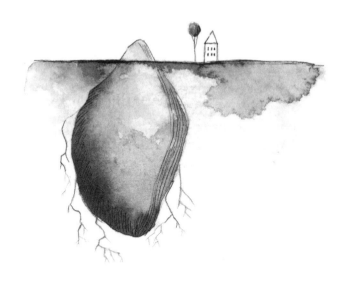

*A*u milieu du champ de monsieur Leclerc se dressait une roche haute comme un homme qui lève la main au-dessus de sa tête et deux fois plus longue que ses bras mis bout à bout.

Cette masse était devenue pour monsieur Leclerc une véritable obsession. Il la voyait de partout: de sa maison, de la route, du boisé. Le matin, le sommet de la pierre coupait la brume. Son ombre s'allongeait et tournait lentement en rapetissant à mesure que le soleil montait dans le ciel. À midi, la grosse bosse inondée de lumière ressemblait à une tortue fatiguée d'avoir marché jusqu'au milieu du champ. L'après-midi, sa silhouette s'étirait jusqu'à la terre du voisin. Les soirs de pleine lune, elle brillait, semblable à une étoile tombée du ciel. L'hiver, elle évoquait un gros œil blanchi par la neige. Le reste du temps, elle était là, immuable, pesant de tout son poids et prenant toute la place dans la tête de monsieur Leclerc. Elle habitait sa vue, ses mots, son esprit. Elle hantait ses cauchemars, ses fantasmes et ses délires.

Au fur et à mesure que le temps passait, on raconta des centaines d'histoires et de légendes sur cette anomalie rocheuse. On a d'abord pensé qu'un géant était enterré dessous. On a rapporté qu'un bœuf s'était transformé en pierre. On lui a inventé des pouvoirs magiques. On croyait qu'elle se déplaçait dans le champ, qu'elle grossissait, qu'elle rapetissait à volonté, qu'elle cachait un trésor, qu'elle était un point de repère pour les voyageurs célestes, les sorcières, les loups-garous, les vampires, les fées. On a cru qu'elle était vide et que des farfadets y avaient élu domicile. On a aussi imaginé qu'elle servait de bouchon à un immense puits qui descendait jusqu'au centre de la terre et d'où sortiraient, un jour, les démons de l'enfer.

**

Monsieur Leclerc travaillait dans son champ. Il labourait, ensemençait, arrosait, émondait, sarclait et ramassait ses légumes, le dos toujours tourné à la roche. Il essayait de l'oublier, rêvant d'une terre lisse et grasse comme celle de ses voisins, jusqu'au jour où l'aîné de ses fils arriva avec une immense pelle mécanique plus puissante que cent taureaux. À cheval sur sa bruyante monture, il tenta de soulever la roche qui, immuable, demeura à sa place.

Le cadet de monsieur Leclerc, lassé de cette

obsession familiale, prit les grands moyens. Il arriva un jour en compagnie d'un spécialiste en explosifs. À la vue de la roche, ce dernier éclata de rire, retourna à son camion, revint avec une caisse remplie de bâtons de dynamite et demanda à la famille de se mettre à l'abri dans la maison.

En quelques minutes, le dynamiteur avait déroulé des fils fixés à un détonateur. Il se mit de la ouate dans les oreilles, puis réunit deux fils. Le sol trembla. La maison entière fut secouée. Une pluie de pierres s'abattit sur la toiture et toutes les vitres volèrent en éclats.

Monsieur Leclerc regarda par la fenêtre du salon. Une légère brume se dissipa au-dessus du champ. La roche avait disparu comme par magie.

Suivi de sa famille, il alla constater le miracle. La roche s'était volatilisée. À sa place, on ne voyait qu'une profonde cicatrice. Le bonhomme descendit dans le trou en criant victoire. Il en ressortit en dansant. On alla chercher des pelles et, du plus jeune au plus vieux, chacun se mit à lancer des pelletées de bonne terre pour combler le trou.

Quand l'opération fut terminée, la vie reprit son cours. Les jours et les semaines se succédèrent. De l'aube au crépuscule, monsieur Leclerc ne voyait plus la roche, il ne l'apercevait même plus, de loin, lorsqu'il arrivait par la petite route, et chacun au village lui parlait de sa fichue roche qui n'existait plus.

Il passait de longues soirées à se bercer face à son champ plat et lisse, semblable, maintenant, à n'importe quel autre champ plat et lisse.

Il sentit l'horreur du vide monter dans ses veines et l'envahir complètement. La roche avait peut-être disparu de la surface de sa terre, mais elle était toujours présente dans sa mémoire, pesant du poids insoutenable de l'absence.

Monsieur Leclerc devint fou. Le jour, il labourait sa terre en zigzaguant afin d'éviter des roches imaginaires. La nuit, il se réveillait et se précipitait hors de son lit, croyant qu'une pluie de cailloux tombait du ciel.

Il mourut au beau milieu de son champ, écrasé par une grosse pierre qu'il tentait d'y transporter.

La demoiselle
et le chevalier

*É*rigée au cœur d'un parc, une demoiselle, magnifiquement sculptée dans le marbre rose, charmait tous les chevaliers de bronze fixés sur leur socle de ciment.

Par un soir sans lune, deux cavaliers, fous d'amour pour la jouvencelle, voulurent s'en approcher. Le cœur enflammé, ils firent galoper leur monture dans l'allée qui menait à la belle. Lorsqu'ils arrivèrent au centre du parc, on entendit un terrible fracas de métal.

Au lever du soleil, on trouva, étendus aux pieds de la demoiselle immobile, deux chevaliers de bronze fracassés l'un contre l'autre.

Le Collectionneur

*L*a rumeur se propagea de hameau en hameau. Celui que l'on surnommait « Le Collectionneur » approchait à grands pas. La tête enrubannée dans un long foulard, le corps enveloppé d'un manteau de fortune, il descendait la route menant au village, laissant traîner derrière lui une fine poussière qui se perdait dans l'air du soir.

Des enfants intrigués le regardèrent passer et le suivirent, de loin en loin. Des badauds affairés à leurs activités quotidiennes l'épiaient du coin de l'œil. Seuls quelques chiens s'approchèrent pour renifler l'inconnu qui laissait échapper des odeurs de terre, des relents d'eau salée et d'étranges parfums de femme.

Le Collectionneur fit le tour de la grande place du village. Il contempla le soleil, fixa le clocher de l'église et se dirigea vers la fontaine. Il remonta alors les manches de son manteau, révélant ses avant-bras tatoués, et plongea les mains dans l'eau fraîche.

Ses ablutions terminées, le Collectionneur se redressa, s'essuya la bouche et observa les curieux massés près de la fontaine. Une vieille dame s'avança timidement pour lui offrir un pichet de vin. Une autre lui donna un quignon de pain. Le Collectionneur enfouit l'aumône dans les poches de son manteau. Il claqua des mains et annonça d'une voix forte :

— Mesdames et messieurs ! honnêtes gens ! l'unique représentation aura lieu à la tombée du jour, sur le parvis de l'église !

**

Le soleil s'éclipsa derrière la silhouette de l'église. Le Collectionneur, immobile au pied de l'escalier, vit s'approcher les curieux. Lorsqu'il jugea la foule assez dense, il frappa dans ses mains et prit place sur le perron. Les chuchotements et les ricanements cessèrent. Un frisson d'effroi traversa l'assemblée. Le Collectionneur déroula le foulard, montrant son visage ridé. Sa peau, semblable à du papier, laissait voir des marques de doigts, des traces d'ongles. Chacune de ses rides, chacune de ses marques racontait l'histoire de sa vie. Elles se regroupaient comme les perles d'un collier, descendaient le long de son cou et disparaissaient derrière le col du manteau.

Il baissa la tête pour montrer la collection de souvenirs qui ornait son crâne. Les caresses de sa mère brillaient du même éclat que les rubis. Ses premières étreintes amoureuses, scintillantes dorures, illuminaient les cicatrices gravées par les peines et les chagrins.

Il releva le menton, dévoilant une gorge parsemée d'empreintes. On pouvait y voir la trace de milliers de lèvres, la forme arrondie des caresses ajoutées aux centaines d'ecchymoses laissées par les chagrins d'amour et les trahisons.

Devant les spectateurs silencieux, le Collectionneur déboutonna son manteau, dégagea ses épaules, facilitant la lecture des hiéroglyphes incrustés dans sa chair par les accolades, les plaisirs, les tortures et les peines.

Ensuite, le manteau glissa sur sa poitrine. Le public frissonna en regardant battre le cœur du Collectionneur derrière les meurtrissures qui avaient rendu sa peau aussi diaphane que du papier de soie.

Les yeux fermés, il leva les bras et pivota. Son dos, couvert de stigmates, ressemblait à la toile d'un peintre fou qui aurait fouetté son œuvre jusqu'à la déchirure.

La lune sortit de terre. Le Collectionneur dénoua la cordelette de son pantalon qui tomba à ses pieds. La foule, recueillie et avide, apprécia le spectacle imprimé dans la chair de l'homme. Les profondes écorchures, les marques de caresses et tous les signes accumulés au fil des temps scintillèrent sous la lumière blafarde.

***

La lune se coula derrière la cime des arbres. Le Collectionneur annonça la fin du spectacle. Personne n'applaudit. Les spectateurs médusés se dispersèrent un à un en laissant tomber des pièces d'or sur le parvis de l'église.

Seule une femme à la peau diaphane, emprisonnée dans une robe noire qui sentait le malheur, resta sur la grande place. Le regard posé sur le Collectionneur, elle leva un bras et lui tendit la main. Il finit de s'habiller, enroula le foulard autour de sa tête, descendit l'escalier et ramassa les pièces dorées. En silence, il s'approcha de la veuve et la suivit dans le dédale des ruelles. L'homme et la femme disparurent derrière les portes d'une maison dont les pièces, noyées de souvenirs, étouffaient tous les bruits.

Au lever du jour, le Collectionneur sortit de la maison, remonta le chemin de terre et marcha vers le prochain village, porteur de nouvelles marques d'amour et d'une cicatrice de plus à l'endroit du cœur.

Le chemin de pierres

*I*l habitait une immense terre jonchée de cailloux. Un matin, devant sa porte, il aperçut les roches parfaitement alignées les unes derrière les autres. Intrigué, il suivit le chemin de pierres, traversa les vallons, la forêt et même le village. Le chemin menait au cimetière. La dernière pierre s'arrêtait devant une fosse. Il se pencha pour regarder au fond, perdit pied, tomba dans le trou et se brisa les os.

C'est là qu'il fut enterré.

Le trésor du
père Landry

e père Landry était l'homme le plus avaricieux de la terre. Il vendait ses fruits et ses légumes au village et ne dépensait jamais ses profits. Il avait, paraît-il, accumulé assez d'or pour remplir trois gros coffres.

Lorsqu'il rendit l'âme, on se dépêcha de l'enterrer au cimetière. Puis les villageois les plus téméraires, équipés de pelles et de pics, se dirigèrent vers la cabane du mort. On défonça les planchers, les murs, les plafonds, on creusa sous la grange, sous la porcherie, sous le poulailler. On vida le puits. On ne trouva rien.

Il ne restait qu'à fouiller les champs s'étendant à perte de vue. Les uns après les autres, les hommes creusèrent de grands trous. Les champs furent ravagés, éventrés, retournés, labourés, sans succès.

Dix ans plus tard, les gens du village étaient encore hantés par le trésor. On le cherchait partout: dans les bois, dans le lit de la rivière, dans les nids d'oiseau. L'obsession fut telle qu'une rumeur se mit à circuler: dans la précipitation de l'enterrement, on avait enseveli le père Landry avec son trésor.

Une foule de curieux se réunit autour de la tombe du vieil avare. On creusa. À l'aide de câbles, on hissa le cercueil, et devant une foule silencieuse, on l'ouvrit. Il était vide. Seule une petite pièce d'or, oubliée par le père Landry, brillait au soleil.

La pointe de ciel

*P*ar une journée de juin, le bonhomme Tremblay, attelé derrière son bœuf, traçait des sillons dans la terre silencieuse.

Arrivé au bout de son champ, le bonhomme, en sueur, voulut se reposer. À peine libéré de son harnais, il entendit craquer la voûte du ciel. Le firmament ressemblait à un grand casse-tête dont les morceaux juxtaposés glissaient les uns sur les autres.

Le cultivateur, les deux bras en croix, la tête relevée, observa les mouvements de la voûte céleste. Soudain, derrière lui, un long sifflement fendit l'espace. Du fond de la grange, la jument lança un hennissement lugubre, puis se tut.

Le bonhomme Tremblay, à grandes enjambées, traversa le champ en direction du bâtiment. À bout de souffle, il pénétra dans la grange et aperçut avec horreur sa jument étendue sur la paille. Une grande pointe de ciel, tranchante comme du verre, était plantée dans le flanc de la bête.

Le bonhomme enterra sa jument, répara le toit de la grange et acheta une nouvelle jument.

Le reste de sa vie, il se méfia du ciel bleu.

Le tailleur de pierres

*D*epuis plus de soixante ans, Adélard Vlaemick taillait les pierres. Depuis plus de soixante ans, ses grosses mains rugueuses caressaient la surface des granits, des grès et des marbres. Il savait rouler, poncer, fendre les cailloux, trouver d'un simple coup d'œil l'âme de la roche, cette faille qui permettait de la couper en deux d'un simple coup de ciseau.

Étant donné son âge et son expérience, Adélard Vlaemick ne grimpait plus sur les échafaudages qui couraient le long des clochers, des piliers ou des murailles. Il restait en bas, sur la terre ferme, afin de diriger le travail des apprentis tailleurs.

On vint le chercher un jour pour mener les travaux de restauration d'une cathédrale. Selon son habitude, Adélard établit ses chantiers à l'ombre du clocher.

Les travaux allaient bon train. Adélard promenait ses grosses mains sur les blocs de grès. Avec un poinçon, il indiquait aux apprentis le point faible et l'angle d'attaque idéal pour la taille. Or, un matin, Adélard toucha un bloc de grès qui le fit frissonner. Il posa ses deux mains sur la pierre, la tourna, la palpa, approcha son nez, la sentit et colla son oreille pour écouter ce qu'il appelait le «cœur de la roche».

Adélard comprit que cette roche n'était pas comme les autres pierres qu'il avait manipulées toute sa vie durant. Il la mit de côté, sur un coin de son établi.

Pendant la journée, Adélard s'approchait régulièrement de la pierre, la caressait, la sentait, collait son oreille pour en écouter le souffle. Les apprentis se regardaient entre eux et ricanaient en se moquant du vieux fou qui paraissait de plus en plus sénile.

Le soir venu, les ouvriers quittèrent le chantier. Adélard resta seul. Il sentait le poids des ans peser sur ses épaules. Il sentait sa fin approcher. Elle était déjà là, aussi présente que les marbres empilés près de lui.

Adélard prit son marteau, son poinçon, son ciseau. Il souleva la précieuse roche avec d'infinies précautions et la déposa sur une charrette. Il s'y attela et se mit à tirer. Les roues grincèrent. D'un pas lourd, le vieux tailleur quitta le chantier. Il emprunta les ruelles qui conduisaient vers les sommets de la ville. De temps à autre, il jetait un regard derrière lui, replaçait la roche au fond de la charrette et continuait sa montée.

Lorsqu'il atteignit les hauteurs de la ville, Adélard posa la pierre sur un socle de marbre. Il la caressa une dernière fois, l'écouta une dernière fois. Il sortit son ciseau, chercha le point de fêlure, leva son marteau et l'abattit, brisant d'un seul coup la roche en deux.

Un oiseau, couleur du grès, déplia ses ailes et se précipita hors de sa prison de pierre. Il s'éleva vers le ciel, pour ensuite dessiner des arabesques au-dessus du vieillard qui suivait la scène, le cœur battant, les larmes aux yeux.

L'oiseau monta si haut qu'il disparut dans la lumière du soleil. Quelques secondes plus tard, comme frappé par une puissance céleste, il tomba en tournoyant.

Au petit matin, on trouva Adélard Vlaemick mort, étendu sur le dos, un oiseau de pierre planté dans le cœur.

La Taupe

Les membres de l'assemblée, réunis au Palais de justice, frissonnèrent à la vue de l'accusé. Il était trapu, maigre, bas sur pattes. Sa peau d'un blanc laiteux avait l'apparence du phosphore. Avec ses grandes pupilles dissimulées par d'épaisses lunettes, son nez plat, sa bouche pincée et ses mains gigantesques, il ressemblait à une taupe.

Il avait fallu trois mois de filature dans le dédale des égouts avant de le coincer au fond du dépotoir municipal. On l'accusait d'avoir creusé un tunnel sous la banque, d'avoir aménagé des galeries sous les coffres du magasin général, d'avoir tenté de s'infiltrer sous la chapelle pour y voler les objets du culte.

Il n'en fallut pas plus pour alimenter les rumeurs populaires. On disait qu'il déterrait les morts, buvait le sang des chauves-souris et se nourrissait de boue. C'est ainsi qu'on finit par le surnommer « La Taupe ».

À son procès, La Taupe ne sembla rien comprendre. Avec ses yeux myopes, il regarda passer la ribambelle de témoins, avocats et spécialistes en tous genres. Il ne prononça aucune parole, ne montra aucune émotion… Une seule activité l'occupait : avec ses ongles, il grattait le dessous de la table des accusés. À la fin du procès, elle tomba en morceaux.

Comme il ne répondait jamais aux accusations portées contre lui, on finit par le rendre responsable de tous les vols inexpliqués des dix dernières années. Un jury, composé de personnalités diverses, lui imposa quinze ans de prison ferme, sans possibilité de libération conditionnelle.

On l'enferma dans la prison du village et on l'oublia. Nuit après nuit, le prisonnier de la cellule 157 refit le même cérémonial. Il se faufilait sous son lit et, silencieux, creusait, creusait jusqu'à l'aube.

Après deux ans d'incarcération, il avait réussi à dégager une grande dalle, était passé sous les fondations du bâtiment et avait creusé un tunnel long de quarante-deux pas.

Il s'évada par un soir de juillet, reboucha le trou avec de la tourbe et s'enfuit dans les bois. Au lever du soleil, il flaira un terrier de marmottes, les chassa à grands coups de bâton, agrandit le trou à sa convenance et y dormit toute la journée.

Nuit après nuit, il traversa le pays, jusqu'à ce qu'il arrive à l'orée d'un joli village. Une brume paisible flottait au-dessus des champs. Le clocher de l'église se dressait vers la lune blanche. C'est dans ce havre de paix que La Taupe décida de refaire sa vie.

Il aida un fermier à forer son puits. Il participa à l'excavation d'une fosse septique. Il creusa une rigole pour permettre l'évacuation des eaux basses, évitant ainsi l'inondation des champs de blé.

Appréciant ce travailleur infatigable, les habitants du village l'engagèrent pour exécuter certains travaux rebutants. Ainsi, La Taupe perça des canalisations d'égout, des fossés sur le bord des routes, des drains souterrains, des puits artésiens, des fosses septiques. Chaque soir, il refaisait surface, avançait sa grosse main sale et recevait son salaire. Ensuite, il disparaissait dans la forêt et se réfugiait dans une grotte au fond de laquelle il cachait les fruits de son travail.

Les gens du village finirent par le surnommer « Jean Sansterre ».

***

Les années passèrent. Jean Sansterre accumula assez d'or pour acheter une maison. Il s'y installa de son mieux, dans un coin du sous-sol, à l'abri des rayons du soleil.

Pendant ses jours de repos, il démolit une partie du mur de la cave et entreprit de creuser des tunnels dans sa cour. Après plusieurs années de travail, celle-ci ressemblait à l'intérieur d'un fromage, avec son réseau de passages et de galeries secrètes. Il pouvait se promener sous la surface de sa cour et revenir à la maison sans jamais sortir à l'extérieur.

Privé de sommeil, de soleil et d'air pur, Jean Sansterre devint la victime de sa propre folie. Obéissant à ses instincts, il entreprit de prolonger son réseau de tunnels et de voyager sous les champs qui s'étendaient à perte de vue derrière sa maison. Il mangeait des patates et des carottes par la racine, des vers de terre et différentes bestioles rampantes dont il ignorait le nom.

Au terme d'un long voyage, un jour ou peut-être une nuit, il décida de remonter à la surface pour savoir où il était rendu. Il gratta vers le haut, sortit sa tête et fut ébloui par les rayons du soleil. Il ferma les yeux, cligna et attendit que ses pupilles s'habituent à la lumière. Des voix s'approchèrent en chuchotant. Le canon d'une carabine se posa sur sa nuque. Jean Sansterre n'eut pas le temps de fuir. On l'arracha de son trou et on lui passa les menottes, croyant avoir affaire à un prisonnier en train de préparer une évasion.

C'est ainsi que Jean Sansterre, au bout de sa longue course souterraine, aboutit, sans l'avoir voulu, dans la cour d'un pénitencier à sécurité maximale.

Avec du ciment, on reboucha la sortie du tunnel. On enferma Jean Sansterre dans la cellule 957, au neuvième étage de la tour du pénitencier, là où il ne pourrait creuser... que dans le vide.

Les mardis sauvages

*L*e bonhomme Therrien redoutait les mardis pour une triste raison. Depuis sa plus tendre enfance, tous les drames, toutes les catastrophes de sa vie s'étaient abattus sur lui un mardi.

Enfant, il s'était cassé la jambe gauche un mardi matin. Il était tombé d'un arbre et s'était rompu les os un mardi après-midi. Il se planta la hache dans un genou en bûchant un mardi soir. La grêle dévasta son verger un mardi de mai. Un arbre tomba sur sa maison un mardi orageux. Sa chère épouse rendit l'âme un funèbre mardi soir... Le bonhomme Therrien pouvait faire l'inventaire d'au moins deux cent vingt-six événements tragiques survenus un mardi.

Il considérait donc les mardis comme des jours maudits. Il en avait d'ailleurs une véritable phobie. Chaque lundi soir, il regardait le ciel à la recherche d'indices capables de lui révéler l'arrivée prochaine d'un malheur. Si le vent soufflait de l'ouest, le bonhomme vérifiait la toiture de sa maison. Si le vent tournait au nord, annonciateur de neige, il sortait ses pelles et ses raquettes. Si, au contraire, on signalait une période de sécheresse, il vérifiait le niveau d'eau de son puits.

Chaque lundi soir, le bonhomme se préparait au pire. Il nourrissait ses chèvres et ses poules, trayait ses vaches, attachait ses chevaux dans la grange. Ensuite, d'un pas lourd, il se rendait jusqu'aux limites de sa terre, grimpait sur une roche de granit et observait les présages de la nuit.

À la brunante, il s'enfermait dans sa maison, se terrait au fond de son lit et n'en ressortait que le mercredi matin.

Telle fut la vie du bonhomme Therrien. Pendant près de quarante ans, il refit le même cérémonial, et pendant près de quarante ans il ne se passa rien d'extraordinaire. Il trouva bien un mulot mort sous son lit un mardi matin. Il tomba de sa chaise un mardi soir, mais cela ne comptait pas, ne faisait aucunement partie des grands malheurs appréhendés.

Après toutes ces années, il crut que c'en était fini des « mardis sauvages », comme il les nommait. Il reprit donc ses habitudes et s'employa à vivre normalement.

Un soir de printemps, le bonhomme Therrien se berçait sur la galerie en fumant sa pipe. Les arbres s'évanouissaient dans la nuit, un souffle chaud montait de la terre. Des étoiles pointaient à l'horizon.

Soudain, les fondations de la maison tremblèrent.

La vaisselle cliqueta dans les armoires. Les animaux piaffèrent et hurlèrent dans la grange. Le bonhomme Therrien bondit de sa berçante et se précipita vers le calendrier. Ébahi, il laissa tomber sa pipe qui se fracassa sur le plancher. Le tabac roula en grésillant dans un coin de la cuisine. On était un lundi soir.

Les appréhensions du bonhomme lui revinrent en mémoire. Il chargea son fusil, alluma son fanal et se dirigea vers la grange. Les bêtes n'avaient pas quitté leur enclos. Il vérifia les auges et les chaudières. Tout semblait normal.

Les chevaux hennirent. Un second tremblement de terre secoua la grange, qui vacilla comme un château de cartes. Des clous sifflèrent dans l'air sec. Les solives du plafond se brisèrent. La poutre centrale de la grange s'effondra.

Le bonhomme n'eut pas le temps de détacher ses chevaux. Il sortit à la hâte. Les animaux meuglèrent et hennirent quelques secondes. Leurs cris déchirèrent le cœur du vieillard qui tomba à genoux en maudissant le ciel.

La grange ressemblait à un enchevêtrement de vieilles planches. Les yeux remplis de larmes, le bonhomme se tourna vers la maison. Des flammes couraient sur les murs de la cuisine. Les rideaux s'embrasaient derrière les fenêtres.

C'en était trop. Pendant que sa maison flambait,

le bonhomme prit ses jambes à son cou et, arrivé aux confins de sa terre, alla se blottir sous la grosse roche de granit qui ornait la colline.

De là, il regarda sa maison brûler. La colonne de feu s'éleva dans la nuit, illumina les étoiles et diminua d'intensité jusqu'à devenir une flamme fragile et vacillante.

À l'aurore, il ne resta qu'un tas de braise rougeoyant sous les passages du vent. Le ciel craqua. Il y eut un dernier tremblement de terre. La grosse roche de granit culbuta sur le bonhomme.

C'est ainsi qu'il mourut... un mardi matin.

L'ange

*U*n jour, un ange descendit sur terre pour s'abreuver à une source. Gérald Laprise, croyant qu'il s'agissait d'un cygne sauvage, le visa et le tua d'une balle dans le dos. Le chasseur, horrifié par sa méprise, attendit la tombée de la nuit et enterra l'ange au bout de son champ.

Le lendemain, la terre devint blanche comme neige et l'eau de la source devint plus rouge que le sang.

Gérald Laprise jura de ne plus jamais chasser. Il enterra sa carabine et ses munitions aux limites de sa terre.

Depuis ce temps, chaque fois que le tonnerre gronde et que les éclairs font éclater les roches, le pauvre Gérald croit que l'ange a retrouvé les cartouches et qu'il tire à bout portant.

La petite Fabienne

La petite Fabienne n'était pas une enfant comme les autres. Elle n'avait qu'à fermer la main gauche, serrer le poing et l'ouvrir de nouveau, pour qu'un jouet de bois apparaisse dans le creux de sa paume.

Chaque fois qu'elle dépliait les doigts, il en tombait un minuscule ballon, une voiturette, un cheval de bois. Les objets apparaissaient par enchantement. Certains semblaient avoir été sculptés à même le chêne, l'érable, l'orme cendré, le pin blanc.

Pour les parents de Fabienne, ce don, objet de curiosité au début de sa vie, était devenu, au fil des mois, une véritable calamité. Il fallait constamment la surveiller. Il fallait vider son berceau, ainsi que son landau pour qu'elle ne s'étouffe pas sous l'amoncellement de jouets. En quelques semaines, les tiroirs de la maison débordèrent. Les coffres, les armoires aussi. Les parents furent obligés de réorganiser leur vie pour ne pas crouler sous la multitude de jouets entassés sous les meubles et dans les recoins de la maison.

Le père, déjà épuisé par son travail de pêcheur, installa des tablettes sur les murs de la chambre de sa fille. Il aménagea des étagères dans toutes les pièces de la maison. Finalement, il entassa les jouets dans le hangar, dans le poulailler, et même dans la grange construite sur la falaise qui dominait la mer.

Lorsque tous les bâtiments furent pleins à craquer, le père, découragé, entreprit de défoncer à grands coups de hache l'arrière de la grange. Le surplus des jouets dégringola le long de la falaise et finit son voyage dans la mer.

C'est ainsi que des milliers de poupées, tambours, berceaux et animaux de bois basculèrent le long des escarpements, tombèrent dans l'océan et flottèrent à la dérive, portés par les souffles marins.

***

Fabienne produisait tant et tant de jouets que, bientôt, les tantes, les oncles, ainsi que les ancêtres de la famille eurent vent de l'affaire. Chacun venait voir le phénomène qui s'amusait à fermer et à ouvrir sa main gauche. La grand-mère paternelle donna quelques conseils pratiques. Pour limiter les productions de l'enfant, il fallait lui bander la main et lui poser une attelle.

Ainsi, pendant près de deux ans, Fabienne vécut avec la main gauche bandée. Elle ne fabriqua plus rien.

Ses parents en profitèrent pour ratisser la maison de fond en comble, du hangar au poulailler, sans oublier la grange. Ils se débarrassèrent de tous les jouets, les jetant dans la mer, les enterrant ou les brûlant.

⁂

Fabienne devint si astucieuse, qu'elle parvint à tromper la vigilance de sa mère et à détacher son bandage. Alors, ivre de liberté, elle se cachait sous une table, derrière un meuble, au fond d'une armoire et, de sa menotte, elle produisait des centaines, des milliers de miniatures.

Sa mère, découragée, essaya de punir sa fille chaque fois qu'elle enlevait son bandage, mais il n'y avait rien à faire. Sitôt seule, Fabienne utilisait son pouvoir et laissait derrière elle les preuves de sa désobéissance. Les nouveaux jouets roulaient sur le plancher de la cuisine, traînaient dans l'herbe des champs ou jonchaient le sentier menant à la falaise.

Comme il n'était pas question d'attacher la fillette dans la cave, ni de l'enfermer dans le grenier, ses parents, désemparés, l'abandonnèrent à elle-même. Chaque soir, au coucher du soleil, le père et la mère, munis de longues pelles, remplissaient des brouettes, se rendaient au bord de la falaise et déversaient leur chargement dans le trou béant de la mer.

Les voisins mariniers, spécialistes de la longue-vue, épiaient les coutumes de cette étrange famille. Bientôt, la nouvelle se répandit de barque en barque. La rumeur se propagea dans le village : Fabienne n'était pas une enfant comme les autres.

⁎

Malgré les rumeurs, les sarcasmes et les moqueries du voisinage, les parents tentèrent de vivre normalement. Le père emmenait souvent sa fille pêcher au large. Ils revenaient le soir, entraînant dans leur sillage des milliers de jouets. La fille accompagnait sa mère au village, et chacun pouvait refaire le chemin parcouru en suivant les objets abandonnés sur le sol. C'était devenu une habitude, un amusement. Les enfants suivaient Fabienne et s'emparaient des jouets oubliés.

⁎

Leur plus proche voisin, monsieur Dutronc, demanda un jour à Fabienne de fabriquer des jouets pour ses jeunes enfants. Il repartit avec une caisse débordante de minuscules tracteurs, de barques et d'animaux de toutes sortes. Les voisins des environs se présentèrent avec des poches qu'ils emplirent à ras bord de jouets.

Presque chaque matin, un habitant, un marin, un fermier se présentait, un peu gêné, une boîte vide ou un récipient de fortune à la main. C'est ainsi que Fabienne devint, au fil des années, celle que l'on surnomma « la petite fille aux jouets ».

***

Fabienne avait maintenant sept ans. Il était fréquent de la voir déambuler le long des trottoirs du village. Alors, la porte d'une maison s'ouvrait et on l'invitait à entrer. On lui quémandait un jouet, mais le plus souvent on lui demandait de fermer et d'ouvrir la main au-dessus des réserves de bois de chauffage. C'est ainsi que, durant les longues soirées d'hiver, on se mit à brûler des millions de jouets dans les foyers et dans les poêles à bois.

Le temps passa. Fabienne devint une demoiselle, puis une femme courtisée par les jeunes mâles des environs. Ils venaient souvent rôder, le soir, près de sa maison. Certains grimpèrent le long de la falaise. D'autres l'attendaient, l'espéraient à la croisée des chemins menant à la grève.

Fabienne, en âge de se marier, tomba follement amoureuse d'un jeune pêcheur à la peau de cuir et au cœur d'or. Ils s'épousèrent et habitèrent une maison ouverte sur la mer. À longueur de journée, la jeune épouse pouvait regarder la barque de son mari monter et descendre sur la masse mobile de l'océan.

**

Durant de longs jours de bonheur, Fabienne garda la main gauche, grande ouverte, sur son ventre. Elle espérait un enfant qui n'arrivait pas.

Les années s'évanouirent les unes après les autres jusqu'au soir où le monde chavira dans le malheur. À la brunante, la grande barque du mari revint seule. Vide. Le pêcheur, l'époux avait disparu. La mer au détour d'une vague l'avait renversé et caché dans ses entrailles.

Selon la coutume, les pêcheurs cherchèrent le corps le long des plages et des récifs. Avec des perches, on fouilla autour des quais, des jetées, on ratissa les affluents. On s'affaira pendant plus d'une semaine. Mais l'océan plat, immobile et silencieux ne redonna pas le corps du noyé.

**

Fabienne resta seule à maudire la mer qui lui avait enlevé son amour. Elle s'enferma dans la maison et ne mangea que pour assurer sa subsistance, gardant toujours la main grande ouverte sur son ventre vide.

Une nuit, la jeune veuve, ravagée par la douleur, se rendit au bout de la falaise. Immobile face aux vents glacés qui fouettaient les récifs, elle souleva le bras gauche. Le corps tremblant, le regard défiant l'horizon, elle commença à fermer et ouvrir sa main plus rapidement qu'elle ne l'avait jamais fait auparavant.

Elle passa le reste de ses jours à chercher son mari, laissant tomber des millions et des millions de jouets dans l'eau salée, s'avançant au milieu de la mer comme une figure de proue perchée à l'avant d'un incroyable radeau de bois.

Table des matières

Achevé d'imprimer en mars 2006
sur les presses de l'imprimerie Gauvin,
Gatineau, Québec